日本文学
神话学ABC

谢六逸 著

中州古籍出版社
·郑州·

图书在版编目（CIP）数据

日本文学 神话学 ABC / 谢六逸著 . -- 郑州：中州古籍出版社 , 2016.9
ISBN 978-7-5348-6522-0

Ⅰ . ①日… Ⅱ . ①谢… Ⅲ . ①日本文学—文学史②神话—研究 Ⅳ . ① I313.09 ② B932

中国版本图书馆 CIP 数据核字 (2016) 第 184041 号

日本文学 神话学 ABC

出 版 社：	中州古籍出版社
	（地址：郑州市经五路 66 号　邮政编码：450002
	电话：0371-65788808　65788179）
出 品 人：	张存威　赵学军
策划编辑：	吴　浩
责任编辑：	唐志辉　翟　楠
发行单位：	新华书店
承印单位：	河南新华印刷集团有限公司
开　　本：	640mm×960mm　　　　1/16
字　　数：	145 千字　　　　印张：12.5
版　　次：	2016 年 9 月第 1 版　　印次：2016 年 9 月第 1 次印刷

定价：26.00 元
本书如有印装质量问题，由承印厂负责调换。

关于"昨日书林"

民国时期正是中西方文化发生激烈碰撞的时期,这种碰撞造就了一批民国的学术大师。这批学术大师肩负起了引进、探究西方文化和整理、继承中国文化的双重使命,起到了承前启后的关键作用。他们给我们留下来大批具有较高价值的著作,虽然历经岁月洗磨,至今仍熠熠生辉。

出于种种原因,这些著作,有的版本繁多,内容不一;有的久不再版,以致一书难求;有的泯于历史,销声匿迹。有鉴于此,我们组织出版了"昨日书林"这套丛书,将这些经典著作重新发掘、整理出来,推荐给读者。

丛书名曰"昨日书林",即有"昨日"与"书林"两层含义。所谓"昨日",概指收录图书的时间范围。丛书所收录图书的作者是在某一方面有特长的专家、学者,并且主要活跃于民国时期。这里所说的民国时期是指 1911 年~1949 年。然而一些著作的成形,可以追溯至 1911 年之前若干年,或者延伸至 1949 年之后若干年,因其有独特的地位和价值,亦酌情收录。而"书林"二字,本来有"丛书"的意思,这里亦指那些经久不衰、卓然于普通图书的民国经典著作。

"昨日书林"首批计划选取民国经典著作200种，大致分为两种方式出版：一种是横排简体，一种是原版影印。其中横排简体部分又分为社科、文艺和译著三类。原版影印主要选取金石、图录等具有一定史料价值和收藏价值的著作。

我们的发掘、整理工作，正如沧海拾珠，虽不免有遗珠之憾，但至少有拾珠之得，可以积少成多。希望经过我们的努力，"昨日书林"这套丛书能成为一座靠近民国大师、品味经典著作的桥梁。

编者

目 录

日本文学

序 …………………………………………………………… 3

第一章 日本民族性 ………………………………………… 7

第一节 外国人对于日本民族性的批评 ………………… 7

第二节 芳贺矢一对于日本民族性的批评 ……………… 10

第三节 五十岚力对于日本民族性的批评 ……………… 11

第二章 上古文学 …………………………………………… 13

第一节 总论 ……………………………………………… 13

第二节 歌谣与祝词 ……………………………………… 14

第三节 《古事记》与《日本书纪》 …………………… 17

第四节 《万叶集》 ……………………………………… 24

第五节 宣命、《风土记》、氏文 ……………………… 26

第三章　中古文学 ……………………………………… 28

第一节　总论 …………………………………………… 28

第二节　《古今集》及其他歌集 …………………………… 29

第三节　《源氏物语》 ……………………………………… 31

第四节　《竹取物语》及其他物语文学 …………………… 46

第五节　日记与随笔 ……………………………………… 53

第六节　历史文学 ………………………………………… 54

第四章　近古文学 ……………………………………… 56

第一节　镰仓文学 ………………………………………… 56

第二节　室町文学 ………………………………………… 59

第五章　近世文学 ……………………………………… 66

第一节　总论 ……………………………………………… 66

第二节　小说 ……………………………………………… 68

第三节　戏曲 ……………………………………………… 71

第四节　俳谐 ……………………………………………… 73

第五节　歌谣 ……………………………………………… 76

第六章　现代文学 ……………………………………… 77

第一节　总论 ……………………………………………… 77

第二节　混沌时代 ………………………………………… 81

第三节　新文学发生时代 ………………………………… 85

  第四节 浪漫主义时代 …………………… 100

  第五节 自然主义时代 …………………… 114

  第六节 各派分立时代 …………………… 118

附录 …………………………………………… 124

  主要参考书目 ………………………………… 124

神话学 ABC

序 ……………………………………………… 129

第一章 绪论 …………………………… 131

  第一节 神话学的意义 …………………… 131

  第二节 神话学的进步 …………………… 133

  第三节 最近的神话学说 ………………… 138

  第四节 神话学与民俗学、土俗学之关系 …… 143

第二章 本论 ………………………………… 146

  第一节 神话的起源 …………………… 146

  第二节 神话的成长 …………………… 152

  第三节 神话的特质 …………………… 156

第三章　方法论 …… 159
第一节　序说 …… 159
第二节　材料搜集法 …… 160
第三节　神话分类法 …… 163
第四节　比较研究法 …… 168

第四章　神话之研究的比较 …… 171
第一节　自然神话 …… 171
第二节　人文神话 …… 176
第三节　洪水神话 …… 181
第四节　英雄神话 …… 185

参考书目 …… 191

日本文学

序

本书的编纂，有两种意义：

（一）文学的力量，可以使得国民互相了解。哪怕国家是在敌对的情况之下，文学是决没有什么国界的。我们研究某国的文学，即是研究世界文学的一部分。尤其是日本与中国都是位于东方的国家，日本人常常借"同文同种"这一句话来作为中日亲善的根据，若想要知道中日何以会"同文"，这就是非研究日本文学不可的。我们先知道了日本文学的径路，再进一步便可以知道中日两国自古以来文学的交涉。这对于国故的贡献也很大。其次日本文学自明治时代起，已有长足的进步。他们的新文艺已经结了很丰茂的果实，若将我国的"文坛"现势和他们比较，至少要相差二十年。日本文学的研究，不啻给我们一个学样的机会。日本古代的作品，德国英国已有人翻译介绍。汉堡大学早有日本文学讲座之设（弗洛冷兹博士主讲），巴黎大学也有日本文学一科（耶尼塞也夫教授主讲），俄国列宁格勒与伦敦的某大学，都有日本文学一科。以西人研究日本文字语言之困难，他们还能这样的努力探讨，这岂是浪费精力么？一则日本文学在现代已在世界文学里占有位置；次则日本民族自有他们的特异的精神，这必须从文艺上下研究的工夫，然后才可以了解。但反观我们中国，对于日本文学肯去注意的,实在是少数。就国内研究学术的机关来说,以我所知道的,只有从前的北京大学,有《日本文学史》一科,及近来上海复旦大学有《日本文学史》的讲座,此外便不可知了。以中日两国同为东方民族;语言文字的关系又如此的密切,加以中国人研究日本文学较之西人不知便利多少,竟放弃了这种机会,实在可惜。我以为日本文学的研究,是中国人的权利之一。

（二）中国与日本在地理、历史、政治、经济上的关系是怎样的密切,这是不必烦言的。在唐朝以前,日本模仿中国的制度及文化。但自唐朝以后,日本知道中国的文化已不可恃,便不再模仿了。到日本明治维新以后更不用说,他们一心一意承接西洋的文化,加功炮制,过了一二十年的功夫,中国反而事事以日本为法了。就国际的情形说,侵略中国最厉害的自然是日本,日本最舍不得放弃的,也自然是中国,过去的一切的关系与变涉,已经成为历史上的铁案,未来的关系更不可知。在偏狭的民族主义的立足点上,研究日本的工作是值得去干的。向来中国人只知道轻视日本。以为日本的一切都是中国的,还在梦想日本借去的一顶破伞至今尚有大用,事事摆起"大国民"的架子,于是随时碰壁;事事吃亏。从前学法政速成科的先生们,口里常说,"学日本文三月小成,六月大成。"真是痴人说梦,自欺欺人。因为这一般似懂非懂的"留日大员",自己对于日本的语言文字不肯下苦功研究,遂想出了一种走捷径方式的方法,一面又教人家预存轻视的成见。加以中国近年来的 Yankee 崇拜,好像日本的研究是大可不必（文学更不用说了,他们说日本假名就是中国字）,这真是大误。这样下去,数十年数百年也没有胜过日本的希望。反过来看日本如何,日本的出版物中,研究中国的部分,若编起目录来,直有一巨册。日本参谋本部皮藏的中国各要地各省县的地图，怕要比我们自己的还要详细。至于学术界对于中国学问的研究，更是缜密周到。中国人要参考起来，简直是坐享现成。虽然他们研究的正确与否，是另一问题；但那一种精神实在可佩。就一般社会说，日本的学生对于我国辽东半岛，山东省，满蒙的地理经济状况怕要比我国的学生还要注意，这实在是一种可怕的现象。学术的研究，本来应该分工合作；有的去研究军事、政治，有的去研究经济、地理；有的研究语言、文字与文学，无论如何，没有一样研究是没有用的。这《日本文学》的作成，只是尽我个人的职责；虽然我很明白我不是适任者；但我有这种嗜好与趣味，所以也公然拿来出版。但我一想到日本书肆里发卖的整套的《支那文学史》《支那经济调查》《支那劳动界调查》，巨而且厚的《支那年鉴》，则区区的这部六万多字的小册真未免渺小了。渺小诚然渺小，但总聊胜于无，我敢说。

以上说的话已经逾出"文学无国界"的范围了，似乎气量狭小的很；又好像研究他人就是不存好心似的。那么，我可以老老实实地说一句，要研究日本文学还是在于赏玩日本古今的作品，这一部《日本文学》就是一部旅行指南。看了指南以后，再去赏玩，想来总不至于上当罢。一方面我仍不曾忘记我是一个中国人；而况本书的写成，又在这多难的五月。我仍希望一般政治家、军事家去多多的研究日本，或为"国"为"民"或为个人的兴味好尚都使得。

其次关于本书的编例，还得有所声明：

（一）日本的文化虽然不及我国之久远，但他们立国也有二千余年。就纯文学讲，可以分做两部分。一部分是模仿中国的（如汉诗、汉文），一部分是他们自己固有的。本书只叙述足以代表日本民族的固有文字，至于模仿中国的一部分，对于国人并非必要，所以不提。

阅者不要误会一国的文学，怎么可以用这一点篇幅就能说完。

（二）本书侧重日本的中古文学与现代文学，所以这两期的文学，所费的篇幅较其他部分为多。

（三）著者有一部与这书同名的书，由上海开明书店出版。两书编撰的体裁各不相同，译引作例的作品也避免雷同，阅者不妨参看。

中华民国十七年五月谢六逸识于上海

第一章　日本民族性

第一节　外国人对于日本民族性的批评

　　一国文学的产生，与其民族性有密切的关系。现在先述日本的民族性，然后再讲日本各时代的文学。我们要了然于日本的民族性，最好是搜集外人对于他的批评；或是日本人自家的批评。这些批评，自然有褒贬两方面；但无论是褒是贬，都足以帮助我们了解日本民族。今将五十岚力博士《新国文学史》所引的外国人的批评。录在下面。

　　（一）如日本人那样具有善良性质的人种，世界上是很少的。从没有听着他们说过诳语，他们是很亲切的。而且重名誉，其弊遂使他们成为名誉的奴隶。（沙比尔氏）

　　（二）日本人不以贫为耻，有时甚至以为名誉。（沙比尔氏）

　　（三）世界的非基督教人民中，如日本人之天然的善

良者，是没有的。他们对于善事及正当之事，求知的欲念异常的强；且有热烈的学习之热心。(沙比尔氏)

(四)日本人多强壮，不羁，而能战斗。他们有能忍耐的可怕的美质，不为饥渴寒暑屈挠，不怠职务；他们活泼颖敏，有勤于广见闻，勇于理义之风。(克拉塞氏)

(五)日本人的性质温良淳厚而好善，他们诚心敬重他人，不饰外貌；他们恶贪欲，极恨盗贼。最敬父母，相信如缺孝养之义务，必受神明之罚。又君主的行为，也有可赞赏的，他们选拔家臣中之笃行廉直者，使他们争谏日夜言行的过失。(克拉塞氏)

(六)日本人的食馔，常清洁而尽美。(克拉塞氏)

(七)日本人极锐于理解力，不独服从理性之命，且从信仰。(克拉塞氏)

(八)日本人温和而守礼；公正而从顺。

(九)日本人重士风，勇敢而有热烈的爱国心。

(十)日本人不像猛鸷的人类，和顺温雅；日本全国的人民是很安全的。大道无贼，窃盗也少。他们正直勇敢，而且自信力强固。(曾伯尔克氏)

(十一)日本人的显著的特性，就是尚武，此种气质看去虽似消失，但一遇到什么危机，就如睡着的猫，忽然变成了狮子一样。(曾伯尔克氏)

(十二)日本人性格中最显著的特征，就是虽是最下等的社会，也极富于爱花木之情，以栽培花木为无上的娱乐之一。(福俄儿吞氏)

(十三)日本人对于公事是最正直的国民。

（十四）日本人是具有世界第一的审美眼的国民，从贵族到劳动者，都喜欢美术。日本人胸襟宽大的人种是无论什么都能容纳的。他们容纳儒教；容纳佛教；又容纳基督教。（比利氏）

（十五）日本人的性质不是理性的，而是感情的。（朴兰特氏）

（十六）日本人姿性纯粹而头脑明晰。

（十七）日本人的从顺之道很发达。（台利氏）

（十八）日本人的最大长处乃是爱国心；最大的短处乃是自负心。（克德勒氏）

（十九）日本人的性质中最显著的，乃是感情的平静。又日本人最惹外人之目的两大物质，即厚礼让重清洁是。（布林克里氏）

（二十）日本人恰如一个巧妙的有机体，一切取之外国，全然模仿之。（鲁朋氏）

（二十一）日本人用柔术之手，利用敌人之力，吸收外国的文明。但妨害自己的特色及发展者则不取，如不取基督教的缘故，即在于此。（韩氏）

（二十二）日本的人贫穷，乃是国力。恐怕日本在将来要抛弃旧来的素朴，刚健正直，与自然的生活之风。（韩氏）

（二十三）日本人的第一恶德，就是不正直与虚伪。日本商人中有此恶德的，乃是东方国民中最不正直，最诈伪的人。（俄耳可克氏）

（二十四）日本人是隐蔽说谎的国民。

（二十五）日本人说诳全不介意。（台利氏）

（二十六）日本人是喜复仇的残酷的国民。

（二十七）日本的妇人，缺乏爱自己子女之情，在诞生前或诞生后杀害者颇多。

（二十八）举止不端乃是日本人的特性。

（二十九）日本人过于好礼仪，近于虚伪的形式。

（三十）日本人对于个人人格的观念极不发达。

（三十一）日本人对于官权虽绝对地服从，对于私事则道德低下。

（三十二）日本人仅善于模仿，全无创造力。

（三十三）日本人薄弱而乏厚实。他们虽立有远大的目的，却缺乏实行的重要的能力。他们有许多在一生之内几次变更职业。

（三十四）日本人对于自然美的主要的；对于人类容貌的一切的善；对于人类情绪的一切力量（Charm），都是无感觉的。（吉丁斯氏）

上列的批评里面，一至二十二是褒，二十三以下是贬，他们的持论都是有所根据的，不过还不能说是的确不移的评语罢。

第二节　芳贺矢一对于日本民族性的批评

日本的芳贺矢一博士，在所著《国民性十论》里，举出了十种主要的日本国民性：一、忠君爱国；二、崇拜祖先，尊重家名；三、现世的，实际的；四、爱草木喜自然；五、乐天风流；六、淡泊潇洒；七、靡丽纤巧；八、清净洁白；九、有礼节；十、温和宽恕等。芳贺氏之说，自是很恰当的。此外有人说日本人淡泊，但缺乏思虑，秉性快活，而缺乏忍耐力；对于事业，虽是伶俐，惜意志薄弱，不耐远大的经营。如自杀者之多，便是意志薄弱的证明。可是又有人反驳这种论断，以为意志之强，乃是日本国民性的精髓。试看德川家康、伊能敬忠诸人，便可证明此说是不错的。这两种说法，都各有理由。

第三节　五十岚力对于日本民族性的批评

五十岚力博士，以明、净、直三者，为日本国民性的中心，这是一个很有价值的论断。他所说的明、净、直三者，是根据文武天皇即位时所下诏的词句。（见《续日本纪》卷一）文武天皇以明、净、直诚勉励百官，后人遂认此三德为大和民族的特性，举凡现实、光明、活动、向上、中庸、快活、忠孝、清廉、勇武、义侠、风雅诸德，都以这三大德做基本。日本的三大神器，就是这三德的象征。

第一种神器是镜，镜之性为明；镜之德为玲珑透澈能映物。日本人应如镜一般，以明澈的心，正观事物。故能公正无私，不以黑白混淆；见善行则叹美，见恶行必排斥。相传天照大神曾供奉此镜，现全国各神社都以镜为神体而供奉。历代皇帝的诏敕、祝词、君臣应对之词，多用"明心"一语，由此可以证明这是日本民族的根本性质。

第二种是玉,玉有清净之德。"清净"与"明"虽相似,然实不相同。镜是朗澈的,能够照物,玉则不朗澈,也不必能照物。玉的可贵处在有温润的光,圆融的相。喜欢清净是日本民族的特性,例如一个劳动者他也能够赏玩盆景等物;一般人都知道自然界的风物的可贵,培植不遗余力。外人常评日本人说,"日本人是具有世界第一的审美眼的国民,上自贵族下至劳动者都爱玩美术",这便是日本民族的清净的表现。

第三种神器是丛云剑,是"正直"的象征,又含武勇、决断、直前的意味。所忌的是踌躇、缓慢、首尾两端等恶德,这一个直字,就是日本武士道的主要的精神,是大和民族的特性。

上举三德,为日本民族性的基本,其他的性质,都是从这基本上产生的。这三种德性,与三种神器相同,无所轻重,且相互为用。总括一句,凡"明心"所见的,即"直前"实行;其观察与进行,又"清净"美洁,这样的精神倾向,就是大和民族的特性。

由"明""净""直"三德,表现于外的,就是活动的、现实的、光明的、向上的诸德,更从此产生快活性、洒脱性、淡泊性、中庸性、调和性、清廉性、勇武性、果敢性、风雅性、义侠性、忠孝性、武士魂,等等性质。

未受外来影响的日本文学,天真朴素,没有一点虚饰,或夸张之风,这乃是民族性使然的。在日本的古代文学里面,没有如希腊的长篇叙事诗,没有如中国的庄子、列子的寓言。所有的只是许多淳朴可爱的珠玉而已。

第二章　上古文学

第一节　总论

日本民族发生的经过，在目前尚成为学者探究的题目。据日本《古事记神代篇》所载，自称为神的后裔，后来的学者也多附和此说。或谓日人祖先亦穴居野处，渐进为部落，戴酋长，部落相并，卒为神武天皇统一，遂繁衍至今。先民的思想及生活，极单纯朴质，勇武而富于情爱。崇拜多神，以神为支配运命者，凡天地、山川、草木、与四肢、百骸，都受神的支配。信神至八百万，以高天原为诸神所住的宫殿。

日本古代有无文字，为现今争辩的问题。如《古今拾遗》《假名字源》等书，主张古代并无文字；如《神代口诀》《古史征》《解题记》《神字日文辨》则说古代早有文字。此二说以前者近于情理，因日本古代只有语言而无文字，虽有神代文字传世，恐为后人假造。到了王仁从百济东渡，献《论语》《千字文》，(时为日本应神天皇八十五年，当我国晋武帝太康六年，即公元二八五年）。汉字传入日本，始从汉字蜕变为四十七个字母（假名），是为日本文字的起源。

凡是一种民族的文学，必远在其有文字之前，即所谓口传文学是。所以研究日本文学，不能仅从有文学以后着手，必远溯上古。研究的资料，刚根据已有文字时，（不完全的文字）他们记载出来的著作。

本章所讲的上古文学，是总括奈良朝以前（公元前七百年）及奈良朝时代（公元七一〇至七九四年）而言。奈良朝以前的，固有的日本文学，有歌谣与祝词；奈良朝时代则有《古事记》《日本书纪》《风土记》《宣命》《万叶集》等，分明论述于后。

第二节　歌谣与祝词

歌谣　上古的歌谣称为"记""纪"之歌，原为古人的口传文学，后来记在《古事记》与《日本书纪》（简称《日本纪》）二作里，故名记纪之歌。此种歌谣共有百八十余首，搜集神代（传说上的国主）至人皇时代（历史上的国主）的歌谣。作者有须佐男命诸神以及天皇、皇后、皇子、臣僚等人，其中以恋爱歌居多数，次则为军歌与酒歌。其特色为流露真情，素朴而天真，随处显示日本民族之乐天的、重情的性格。为未受外来影响的，纯粹的特产。歌谣的形式，也极自由，一首常为三音、四音、六音、八音、九音、十一音。就中每首五音、七音、五音、七音、七音共计三十一音的歌，约有六十首，是为日本"短歌"的滥觞。

恋爱事件在上古社会里占重要的位置，所以记纪中的恋爱歌谣比较占多数。因恋爱关系，成了政治事件的原因，遂起争端，至于杀戮，如仁德天皇与皇弟隼别王便是一例。天皇命隼别王做媒，向女鸟王求婚。女鸟王怕仁德的后嫉妒，不肯答应。隼别王因以女鸟王为自己的妻，不报。这时仁德走到女鸟王织纺的地方，向她歌道：

"我的女鸟王，你手织的是给谁的衣料？"

女鸟王答道：

"这是那高飞的隼别王的衣料。"

仁德知情，便还宫去了。女鸟王当隼别王归来时，向他歌曰：

"云雀能高翔于天，你高飞的隼别王呀，何不扑杀那鹪鹩。"

她劝他谋反，此事被仁德知道了，就派兵去杀他们。二人逃走，登仓梯山，在这生死关头，隼别王歌曰：

"竖梯般的仓梯山好险峻呀，娇嫩的妻不能攀援岩石，只是挽着我的手。"又歌曰：

"竖梯般的仓梯山虽是险峻，因与我妻同登，便不觉险峻了。"

这是二人还陶醉于恋爱的欢乐，后来终于在宇陀的苏迩被杀了。（见《古事记》下卷一七一段）

日本武尊东征时，在途中思念他的宠姬美夜受，作歌曰：

"你的柔弱的手腕，好似香山上的被镰刀割了的嫩枝；我想枕着你的手腕睡觉。来到你穿着的外衣的裾下，还要经过许多的日月呀。"（译文据守部释，见《古事记》中卷一二九段）

以上二例，都是极著名的恋爱歌谣。

祝词 "祝词"是一种祈神之词，又为称颂之辞。上古的祝词，载于《延喜式》第八卷。(《延喜式》共五十卷，记录百官的年中政务，为藤原忠平、藤原清贯、大中臣安则、伴久永、阿刀忠行等五人所撰，于醍醐天皇延长五年十二月二十六日献进）。其数为二十五，其中最有文学的价值者，为《祈年祭》与《大祓词》二种。思想虽极单纯，然文学有一种韵律的美。《祈年祭》是因为要祈祷五谷丰收而举行的祭祀，延喜时全国祀有官币国币诸神，《祈年祭》内，历数诸神之德，以求丰年。下列译文，为《祈年祭》中主要的部分，可以看出日本民族的雄大宏远的抱负与进取向上的精神。

聚集于此的庙祝祭司等，其洗耳倾听：因奉住于高天原诸神旨意，今日称颂天社国社及诸神之德，以祈丰年。

（中略）谨白于司掌五谷的诸神之前；托付皇孙的五谷，人民不辞劳苦，以手足混合水土种植，蒙诸神之恩，已长出了累累的长穗。初刈时，以穗数百数千，供献我神；又酿酒盛满高大的瓶内，罗列供奉。此外更有供物，出于田圃者为甜菜辛菜；出于海者为大小鱼类及各色海藻；衣服有光艳的，粗的，细的各样布帛，谨奉各物，以颂神德。

（中略）兹特告于天照大神之前，曰：愿神所凭临的四方，即天所覆着，地所载着的各地；上有白云掩盖，下有青烟笼罩，及海中橹舵不能再进之处，陆上负朝贡物的马蹄所至之处，其间负贡物的驼马，连接不断。愿国内领土日益增阔，狭地变成广阔；险峻夷为平地；使未归顺之远国皆来就范。愿蒙神惠，俾各地农产物的初收，供于神前，有如小山。天皇安心食其剩余。愿天皇代代勿替，国家兴隆。（下略）

第三节 《古事记》与《日本书纪》

古事记 《古事记》是日本古代最重要的典籍，在世界文学里也占极高的位置。此书是元明天皇和铜五年（公元七一二年）太安麻吕奉命编撰的，记天地开辟迄推古天皇（公元六二八年）间的史事，是日本最古的历史；也是传记、神话、歌谣、民俗的集成。书中所记的故事，极天真朴质，兼有勇敢、优雅、轻笑、美丽、庄严的事迹。全部分上中下三卷，文学的价值最高者为上卷，即神代卷。太安麻吕编撰时，由稗田阿礼口授，那时日本只有语言，尚无文字，所以编撰时极感困难。他所想出来的方法，不外二种。一法是借用我国的文字（汉字），根据汉字的字义与文法，将日本语译成纯粹的汉文；其他一法，虽用汉字；并不采用汉字的字义与文法；只是借用汉字的音去缀成日本语。如仅用前法，则诗歌，固有名词，以及同汉语不等的辞句语言，无法可以照日本语记载出来。如仅用后法，用一个汉字的音代一个日本语的音，实在是冗长不堪。因此之故，所以杂用二法，遂成为一种奇特的文体。试引一例如下，以作参证。

故所避追而。降出云国之肥上河上在乌发地。此时箸从河流下。于是须佐之男命。以为人有其河上而。寻觅上往者。老夫与老女二人在而。童女置中而泣。尔问赐之汝等者谁。故其老夫答言。仆者国神。大山上津见神之子焉。仆名谓足上名椎。妻名谓手上名椎。女名谓栉名田比卖。亦问汝哭由者何。答白言。我之女者自本在八椎女。是高志之八俣远吕智。每年来吃。今其可来时故泣。尔问其形如何。答白。彼目如赤加贺智而。身一有八头八尾。亦其身生萝及桧榐。其长度溪八谷峡八尾而。见其腹者。悉常血烂也。（原文第三十一段）

　　尔速须佐之男命。诏其老夫。是汝之女者。奉于吾哉。答白恐亦不觉御名。尔答诏。吾者天照大御神之伊吕势者也。故今自天降坐也。尔足名椎手名椎神。自然坐者恐。立奉。尔速须佐之男命。乃于汤津爪栉取成其童女而。刺御美豆良。告其足名椎手足椎神。汝等。酿八盐折之酒。且作回坦。于其垣作八门。每门结八佐受岐。每其佐受岐。置酒船而。每船盛其八盐折酒而待。故随告而。如此设备待之时。其八俣远吕智。信如言来。乃每船垂入己头。饮其酒。于是饮醉。留伏寝。尔速须佐之男命。拔其所御佩之十拳剑。切散其蛇者。肥河变血而流，故切其中尾时。御刀之刃毁。尔思怪。以御刀之前。刺割而见者。在都牟刈之大刀。故取此大刀。思异物而。白上于天照大御神也。是者草那艺之大刀也。（原文第三十二段）

　　故是以其速须佐之男命。宫可造作之地。求出云国。尔到佐须贺地而诏之。吾来此地。我御心须贺须贺斯而。其地作宫坐。故其地者。于今云须贺也。兹大神初作须贺宫之时。自其地云立腾。尔作御歌。其歌曰。夜久毛多都。伊豆毛夜币贺岐。都麻基微尔。夜币贺岐都久流。曾能夜

币贺岐袁。于是唤其足名椎神。告言汝者任我宫之首。且负名号稻田宫主须贺之八耳神。（原文第三十三段）

这一节是记载天神速须佐男命（即素盏鸣尊）因获被逐出高天原，流浪至出云国，斩八岐大蛇，获梔名田姬为妻的故事。不失为一段优美的神话。英人阿斯吞（Aston）著《日本文学史》，说这和希腊神话里的百尔修（Perseus）与安德洛麦达（Andromeda）的故事相类。若将上列三段原文的意义译出，略加修饰，遂成下面的一段故事。

素盏鸣尊想和天照大神会面，他到高天原去，因为有了凶暴的行为，遂被驱逐到下界来了。他到了下界，在途上遇着天雨，没有斗笠，他用草叶编好，戴在头上，起了大风，斗笠被吹落，他窘急了，想投宿于别的神的地方，可是别的神说他是一个凶暴的神，不肯借宿。他被雨濡了身体；在路上彷徨着，走到出云国的岛上，他已疲乏不堪了，一个人自语道："我不愿走了，就在这附近休息一会罢"，他举目四顾，见近处都是菁林，没有人家，他走到林外，从林隙里看见一条河，那就是出云国有名的肥河。他看了一会，穿过树林，走到河边，立在那里发瞪，忽见河上流来了一根小木，捞起一看，是一根吃饭的筷子。他见了就高兴起来，因为河里有这种东西漂流，那么上流一定有人家住在那里。他便沿着河岸走去，走到一处平坦的地方，有一片广大的田畴，田中有一家人家，他急忙向那人家走去，到了屋外，忽然听着屋里有哭声，他止步向屋里窥探，见那屋里有一个老翁和一个老妇，一个美貌的女郎坐着，哭的人是老翁和老妇，女郎是满脸的愁容。他想这是什么缘故呢，他就进了那家的门，问他们是什么人？那老翁道："我是这里的大山津见神的儿子，叫做足名椎，她是我的妻子，叫做手名椎，这女子名叫梔名田姬，是我们的女儿。"素盏鸣尊问他们为什么哭？尽可说出缘故来，他可以帮忙的。老翁说道："我们本有八个女儿，对面的高志山有一条八岐大蛇，他每年吃了我们的一个女儿。"他听了便说："我来斩除它。"老翁又道："我们也这样想过了，因为是过于巨大的蛇，也无从下手，它渐次吃了我的女儿，只剩下这一个，不久又将变为它的饵了，所以我们哭泣。"素盏鸣尊问道："那大蛇是什么样子呢？"老翁道："它的样子是很可怕的，高志山上常有烟云笼罩着，它从山中出来时，两双眼睛是红的，有八头八尾，它的身上生满了绿苔，长满松桧，腹部流着血，它的长蜿蜒八个谷八个峰。"素盏鸣尊听了这话，他呆看着栉田名姬，冒失地说道："你肯把女儿做我的妻子吗？"老翁道："我还不知道你的名字呢？"他道："我乃高天原的天照大神的兄弟素盏鸣尊，因为别的事，从高天原来到这里。"老夫妇听说是素盏鸣尊都吃了一惊。说道："原来是有名的素盏鸣尊神到了，失敬得很，愿意将女儿奉送。"但是他是一个性急的人，他向栉名田姬吹了一口气，姬就变成了一把小梳子，他将梳子插在头上。他向老妇说："现在你的女儿已经藏好了，你们赶快做些香酒，酒酿好了，把墙砌好，墙上开了八个门，每道门口放好一个酒槽，酒槽里装满了酒。"老翁照他的话准备好了，他叫众人藏躲起来。一会儿，听着对面的高志山，有飒飒的声音，声音渐渐走近，素盏鸣尊便去藏在树子的背后，屏息着等待。果然八岐大蛇走近墙边来了，它四顾没有看见女子的踪影，只闻着酒的香气，便将它的八个头没在八个酒槽里去喝酒，酒喝的醉了，睡在槽里不能动弹。素盏鸣尊拔出他的"十拳剑"，切大蛇成为几段，肥河的水也为之变为红色了。他用剑切蛇尾时，觉得尾上有物阻着，刀锋被毁，他用剑剖开蛇尾，有一口剑现出。他想，足名椎说大蛇住的山上，常有云雾笼罩，料必是这口剑作祟了，因此他名此剑曰"天丛云剑"。大蛇死后，他从头上将梳子取下来，吹一口气，梳子就变为栉名田姬了。足名椎和手名椎走了出来，他们见了大蛇的尸首，都极害怕。素盏鸣尊又叫他们看那"天丛云剑"，后来他拿这口剑送给高天原的天照大神，改名为"草薙剑"，为日本的三种神器之一。素盏鸣尊杀了大蛇后，就和栉名田姬住在出云国，他们寻想一个造宫殿的处所，寻了许多地方，然后才寻着了。造宫殿时，有庆云冉冉上升，素盏鸣尊见了，作歌曰："造了宫殿，夫妻同居，庆云起了，笼罩二人所住的宫殿，如重重的绫垣。"

宫殿造成，素盏鸣尊便与栉名田姬住在一起了。

《古事记》用这样奇怪的文字，实在是一个大缺点。后来到了江户时代，著名的文学批评家本居宣长（公元一七三〇年至一八〇一年）出，著书六十余种，凡二百余卷。其中最重要一部解释《古事记》的《古事记传》，原书本编共四十四卷，连首卷附卷目录五卷，共四十九卷，费时三十五年。他三十五岁时（公元一七六四年）动笔，六十九岁时（公元一七九八年）才完成。自有此书行世，不完全的《古事记》的文体，遂成为一本日本文学所述的宝典。

日本书纪 和铜七年（公元七一四年）二月，元明皇帝（女皇）下诏，诏里说，"诏从六位上《纪》朝臣清人、三宅臣藤麻吕、令撰国史。"这便是撰述《日本书纪》的敕令。后来清人与藤麻吕二人，是否始终从事于此书的撰著，因没有明了的记载，所以不知道，只是根据后来的《续日本纪》元正天皇养老四年五月一条下，载有"先是一品舍人视王，奉敕修日本纪，至是功成奏上，《纪》三十卷，系图一卷。"又《弘仁私记》的序里说："夫《日本书纪》者，一品舍人亲王，从四位下勋五等太朝臣安麻吕等，奉敕所撰者也。"此外如延喜六年与天庆六年的《日本纪竟宴歌》序等，也有同样的记载。据以上的考证，我们知道《日本书纪》是在撰述《古事记》之后，由纪清人、三宅藤麻吕、舍人亲王、太安麻吕等人合撰而成的。

《日本书纪》编纂的动机，同《古事纪》一样，目的在修撰国史。又因当时与我国唐室往来，见中国典章文物颇盛，而日本则无一部完全的史书，因用纯粹的汉文编成此籍。文字是竭力模仿中国的《史记》《汉书》的。史事与《古事记》所记载不同，所收歌谣也有《古事记》中所无者。首卷记有日本的开辟神话：

> 古天地未剖，阴阳不分。浑沌如鸡子，溟涬而含牙。及其清阳者薄靡而为天，重浊者淹滞而为地。精妙之合搏易，重浊之凝竭难，故天先成而后地定，然后神圣生其中焉。故曰，开辟之初，洲壤浮漂，譬犹游鱼之浮水上也。于时天地之中生一物，状如苇牙，便号为神，号国常立尊，次国狭槌尊，次丰斟槌尊，凡三神也。（原文）

这一段开辟神话，和《古事记》神代卷所载的，显然不同，受我国淮南子的《天文训》，徐整的《三五历纪》的影响不少。只是在编纂时，已将日本民族固有的神话调和，所以不失其独立性与永久性。我们读《日本书纪》也和读《古事记》一样，可以了然于日本民族的神话，古代生活，历代的变迁等。关于日本岛之历史，《日本书纪》里面有一段记载。

> 于是阴阳始遘合为夫妇，及至产时，先以淡路洲为胞，乃生大日本丰秋津洲，次生伊豫二名洲；次生筑紫洲；次生亿岐州与佐渡州，世人或有双生者如此也。次生越洲；

次生大洲；次生吉备子洲，由是始超八大洲国之号焉。即对马壹岐岛；及处处小岛，皆是潮沫凝成者矣，亦曰，水沫凝而成者也。（原文）

又据《日本书纪》所载，日本古名"丰苇原之瑞穗国"。这国名的来源，是因为日本古时海滨一带，生长着一望无际的苇草，成为一片苇原；其地也有稻穗丰稔的肥田，就是"农业国"之意。但在上古时非指稻穗，只是指苇；瑞穗也不是指稻穗，是指苇草的穗。上古人看见沿海都生着，茂盛的苇草，遂起了这个国名。将《日本书纪》中所载的上古人的生活与祝词（如《祈年祭》等）对照一看，可知日本民族是怎样的注重农事耕种了。

以上既说明《古事记》与《日本书纪》二书的由来，现更比较二书的性质。《记》与《纪》都是由于天武天皇的修史计划延长下来的工作。天武的计划本已定下了两条方针，作编纂的基础。一是使国民知道建国的由来与皇室的尊严；二是供为政者的参考，显示外国，以存国家的体面。前者就是《古事记》的编纂方针，所以用日本语记述；后者是《日本书纪》的编纂方针，所以用汉文记述。又就二书的体裁上说，《古事记》是用天武所整理过的皇室及诸氏系谱及先代旧辞做根本史料，命编纂的人编成部故事体裁的国史。《日本书纪》的体裁则不同，原是模仿我国的《史记》《汉书》那样的堂堂的国史，所以编纂的人数较多，对于史料的安排取舍，都经过商议，材料不仅取诸国内；关于对外的事项，如对于朝鲜，则参酌三韩的历史（如《百济记》《百济新撰》《百济本纪》等），是当作大规模的正史编纂而成的。因此《古事记》是历史故事的体裁，《日本书纪》则保持正史的面目。《古事记》的特色，在忠实的搜集神话传说；至于离开神话传说时代以至于历史时代，记载史事之丰富。则又为《日本书纪》的特长了。

　　材料的取舍选择，二书亦不相同。《古事纪》由三卷而成，上卷全部为神代的故事；中卷记神武天皇至应神天皇；下卷记仁德天皇至推古天皇。《日本书纪》的第一第二两卷为神代史，第三卷起（即神武天皇卷起）到最终的第三十卷（即持统天皇卷）止，大多数以一卷叙一代天皇，此外叙二代入一卷者有五卷；叙三代入一卷者有一卷；将一代分做两卷叙述者有一卷。此外更有一个例外，因为可叙的事无多，遂把绥靖天皇到开化天皇（共八代）时收入一卷。这种比较的结果，可知《古事记》把三分之二的篇幅用于神代，而《日本书纪》对于神代的记叙，则三十卷中只占两卷，就这一点看起来，《古事记》之注重神话传说，《日本书纪》之注重史事，是不待烦言的了。

第四节 《万叶集》

　　奈良朝时，和歌盛行。自皇帝以至庶民，莫不重视吟咏，遂有《万叶集》的编撰，与《古事记》同称奈良朝的两大古典。《万叶集》的编撰者据契冲说，系中纳言（官名）大伴家持。家持把自幼年时代所见闻的古今名歌分类整理，又加入自己的著作。遂成此集，全集共二十卷，歌的种类大别为短歌、长歌、旋头歌三种。短歌每首计三十一音，音调为五七五七七；长歌每首计五十五音，音调为五七五七五七五七七，但亦有延长者；旋头歌每首计三十八音，音调为五七七五七七。全集中长歌二百六十二首，短歌四千一百七十三首，旋头歌六十一首，合计四千四百九十六首。作歌的年代始自舒明天皇至淳仁天皇三年（公元六二九年至七五九年），一说又作舒明天皇至光仁天皇时止（公元六二九年至七八二年），集中作者男子五百六十一人，女子七十人。集中分歌词为六部，即杂歌、相闻（广义的咏爱之叶）、挽歌、譬喻歌、四季杂歌（即春、夏、秋、冬四季）、四季相闻。最著名的作者为柿本人麻吕与山部赤人，并称歌圣，如我国的李杜。人麻吕善作长歌，精抒情之作，赤人长于短歌，以写自然杰出。此外如作教训诗歌的山上亿良、大伴旅人、大伴家持也享盛名。帝王中有舒明、孝德、天智、天武、持统、元明、元正等，女歌人有额田女王、誉谢女王、石川郎女、大伴坂上郎女等，均有名。

自然、朴质、雄健、天真是《万叶集》中歌句的特色。更以抒写情爱的歌极委婉可爱，不下于我国《诗经》里面的佳句。有许多朴野无华的民间歌谣（如《东歌》，见第十四卷），都借此集以流传，实是一部最可宝贵的典籍；也是古代社会的一部有生命的写真帖。我们试赏玩译引在下面的几首歌词。

（一）我的夫呀，你走到何处了呢？今天谅必越过那座险峻的尾张山吧！（柿本人麻吕作，见第一卷）。

（二）信浓路是新辟的道，你不要赤脚踏着斩伐过的树根，请穿上鞋子，我的夫呀！（东国的民谣，见第十四卷）。

这两首是写上古人的旅羁的苦况，和妻子思念她的远行的丈夫。

（三）我思念着的父母，能像花一样就好了；如果是花，我在征途，也捧在手里。（黑当作，见第二十卷）。

（四）奉了君命，将我思念着的父母，留在家里；我脚撞矶石，渡过茫茫的海。（造人麻吕作，见第二十卷）。

这两首写上古的兵役与夫役的苦恼，与公私感情的冲突。

（五）春稻到了如今，手上起胝了，今夜公子来了，道难叫他握我的这样的手吗？（东国民谣，见第十四卷）。

（六）飞鸟川的河水涨了，今夜你也疲倦的，睡到天亮再去呀！（见第十二卷）。

第五首写一个田舍的少女，等候她所恋爱的一个地方官的儿子来幽会，那口吻是怎样的真情呀！第六首写一个男子渡河去和他的恋人相会，后来河水涨了，不能渡回，那女子便劝他宿一宵。这两首都是写性爱的佳作。

第五节 宣命、《风土记》、氏文

宣命 上奏于神的敕语叫做祝词（见前），布告庶民的敕语叫宣命。古代的诏敕有两种文体，一种用纯粹的汉文写成；一种则用日本语言写成，后一种就是宣命。汉文的诏敕用于普通平凡的布告；宣命则用于有特别意义的事情或大事件，例如即位、让位、册封皇后、立太子、任免大臣、说谕叛臣，等等。祝词以祭神为主，故出于敬虔尊仰之情；宣命是由皇帝告谕臣民，所以表现出慈悲、爱抚、嘱托的情感。

古代的宣命，收入《续日本书纪》里面，其中以天武、孝谦、文武三帝的即位诏；圣武天皇神龟六年册封皇后的诏敕；及光仁天皇宝龟二年藤原永手死时，皇帝下赐的诏书等为有名，但均缺乏纯文学的价值，不过为古代散文之一种，为后人所尊重而已。

风土记 《风土记》是古代的一种极幼稚的地理志，当元明天皇和铜六年（公元七一三年）五月时，皇帝下诏各省，令各郡乡选用佳名，并令奏明各地出产物的名目，土地的肥瘠，山川原野的名称的由来、地质、传说等。这种作成的，就叫做《风土记》。传到现在的，只有《常陆风土记》一种。后来在圣武天皇时所献纳的，有《出云》《播磨》《肥前》《丰后》（原为地名）等《风土记》。文体都是用不全的汉文写成，用日本语写的很少，除了《出云风土记》而外，极少文学的价值。

氏文 氏文也是当时散文的一种，是记载一家族的历史的，即是叙明祖先的功业与历代的系谱。其来源是因延历十一年，有高桥与安昙两氏，于祭神事争执座位，因把各人的祖先的经历记出上达朝廷。现存者只有高桥氏的一种，即所谓《高桥氏文》是。祖先崇拜是日本的古俗，对于表彰名誉，看得极其重要，喜将历代祖先的事迹传之后代子孙，这也是氏文的一个来源。氏文的文体也很奇特，用汉文和日本语写成，略与《古事记》文体同，这一种散文也乏文学的价值。

第三章 中古文学

第一节 总论

日本自建国以来,历代帝王改元,辄迁宫城。上古建都奈良,传七代,历七十余载。到了延历十三年(公元七九四年,中国唐德宗贞元十年),桓武帝下诏迁都于今之西京,称新都曰平安京。平安较奈良广袤,奠都后一切的设备,悉以我唐朝的长安制为法。全市南北长千七百五十三丈,东西广千五百八十丈。附近风景极美,山水明净幽婉,游过西京的人当能想象。

这时代的日本社会,完全浸在奢侈逸乐里面,贵族的生活,以风流吟咏为主。宴饮歌舞,是他们日常的行事。当这粉饰太平的时候,人民在表面似乎能各安其业,国无内忧外患,但实际的情形则不然,一般平民受了权门的虐待压迫,虽欲呼吁苦于无门;贫穷的人民实居多数。此时的文学完全当作贵族的娱乐品,中级以下的社会和文学无缘，为贵族们所独占，不特文学，即社会与文化，都被公卿贵族霸占，中流以下无享受的权利。所以中古时代的文学，可称之为贵族文学时代。

中古文学又可以称为平安朝文学，这时期起自桓武天皇延历十三年，终于后鸟羽天皇文治二年（公元一一八六年，中国南宋孝宗淳熙十三年）。中古期的文学，就是指这约四百年间的文学，此四百年左右的作品。在韵文中可以《古今集》为代表，散文以《源氏物语》为代表。

第二节 《古今集》及其他歌集

中古的初期文学，本为模仿中国汉诗汉文最盛之时，对于我唐室的典章文物，视为圭臬，时派遣使者来唐留学，到醍醐天皇时废"遣唐使"，当时人对于唐室文物的醉心才渐次减退，于是本国的国民文学渐能独立发展。日本在此时代完成了"平假名"，一切作品，除了汉文汉诗之外，都用纯粹的日本文写作，这实是纯粹日本文学产生的第一声，是很可注意的。

作品的产生悉以社会为背景，这似已成为文学史上的定律。前面已说过此时是贵族的文学，视文学为娱乐；或借吟咏以博风雅的美名，或借歌词以作投赠的礼物，所以诗歌的发达，是当然的。

古今集 《古今集》是此时编成的一部古今"和歌"的总集，又称《古今和歌集》。醍醐天皇延喜五年（公元九〇五年，中国唐昭宗天佑二年），帝命纪贯之、纪友则、凡河内躬恒、壬生忠岑等人编撰歌集，把奈良朝的《万叶集》中所未选入的古歌，与其后的名歌；编者自己的著作，都编入这个总集内，共有二十卷，分为四季、贺离别、羁旅、物名、恋、哀伤、长歌、旅头歌、徘谐歌等九类，歌数有千百余首。编者四人之中，以纪贯之的歌最有名，他又是一个散文作家。试看《古今集》首他所作的序文，就可以知道他对于"和歌"的抱负。全集中的作者共有一百二十四人，如在原业平、深养父、小野小町（女子）、藤原兼辅等人，都很有名。兹译引几个代表作家的歌于下。

（一）不知明日的我的生命，趁今天未暮时，思念我的爱人罢！（纪贯之）

（二）晦暗的春夜，梅花的颜色，虽不可得见，可是能隐住他的香么？（凡河内躬恒）

（三）年年的相思不曾散，我的泪湿了的衣袖冻凝了，到如今还没有融解呢！（纪友则）

（四）我们仅在睡着时的相见，难道可说那是梦吗？这空虚世界的我却不能当他是现实。（壬生忠岑）

《古今集》在世界文学里已占有地位。阅者可参看 Aston：AHistory of Japanese Literature，P. 58-67；Chamberlain：Japanese Poetry，P. 87-105；Florenz：Gedichteder Japanischen Literature，P. 136-148：Florenz：Japanischen Dichtungen 等译文。

其他歌集　《古今集》以后，模仿它的体裁编成的歌集，有《后撰集》（公元九五一年，源顺等五人编撰）；《拾遗集》（相传为一条天皇时，藤原公任所撰），《后拾遗集》；（与《古今》《拾遗》二集共称《和歌三代集》，为习歌必读的书，白河院应德三年，藤源通俊撰），《金叶集》（源俊赖撰），《词华集》（藤原显辅撰），《千载集》（藤原俊成撰）。自《古今集》至《千载集》都是奉敕编撰的，称敕撰集。除敕撰集之外，别有个人的专集，或为作者生前所编，或为死后世人所编。如纪贯之的《新撰和歌集》，藤原显辅的《续词华集》，藤原公任的《金玉集》，在原业平的《业平集》，凡河内躬恒的《躬恒集》，纪友则的《友则集》，均为学歌者宗仰。

上述的几种歌集都是以短歌（每首三十一音）为主的，同时又产生异体的歌，即《今样》《神乐歌》《催马乐》三种。（另有《朗咏》，仍为模仿汉诗之作）。《今样》为五七音调的联句四节而成，今样二字的意义，是破除旧样，尝试新样。此种歌调，盛行于民间。《神乐歌》为祝神时所歌，可视为祭神后的余兴。也有借以歌咏风俗、恋爱、自然、讽刺的。《催马乐》是一种俗谣，可算极平民的，其起源本由于赶负载贡物的驮马的马夫，故名《催马乐》。盛行于市井男女的口中，歌当时的风俗或恋爱。这三种歌谣，均富有平民的色彩。

第三节 《源氏物语》

《源氏物语》 为紫式部之作，她是藤原为时的女儿，后嫁藤原宣孝，生一女，名叫贤子。宣孝死后，仕一条天皇的中宫上东门院。《源氏物语》五十四卷，就是她在宫内时的见闻，写藤原氏专权时代的宫廷生活与公卿生活，及平安朝时代的社会，实是一部有文艺价值的著作。不特是东方最古的小说，也许是世界最古的小说。西洋的写实小说，以英国理查孙（Richardson）氏的帕米拉（Pamela）开其端，而帕米拉之作成，为一七四〇年。又世界最早的小说，世人均推意大利薄伽邱（Boccaccio）的《十日故事》（Decameeron），此书于一三五三年出世；然而《源氏物语》的作成，则为一〇〇四年左右，（按《源氏物语》著作的年代，诸说纷纭。或有主张在一〇〇四年以前的。就原书的篇幅及著作的生活两点看来，此书的作成，所费时间，至少为二十年云）。此时世界的文学里，还没有写人情社会的小说，如《源氏物语》的著作，所以说它是世界最早的一部人情小说，也没有什么不可以的。

此书著作的动机，世人也有许多的推测，但多数总把儒家道德的眼光去看它，说是什么劝善惩恶，这实在不是作者的本怀。紫式部因在青春时代丧夫，胸中悒郁不乐，对于丈夫的爱，犹有未尽，著作的动机，实出于她的寂寞的心情。所以她写桐壶帝对于所宠的更衣（女官名）死后的哀愁，就是作者紫式部对于她的亡夫宣孝的哀愁。我们可以说使《源氏物语》产生于世的，乃是作者的不幸生涯。试看原作里有许多为爱烦恼的男女，充溢着哀别离苦的情感，便可以知道著者动机的所在了。

就《源氏物语》的内容，观察它的特征，可以分作四项。

（一）历史的色彩很显著，著者的材料本是取自当时的宫廷，记叙左右大臣的势力的消长；写贵族生活的荣华与衰颓，所以她须得用当时的史事为背景。

（二）原作是灵肉争斗的艺术，是一部对于灵肉二者的争斗无法解决的苦闷史，这苦闷是女性的苦闷，苦闷于纵灵呢，还是从肉的纠葛。书中又有欲爱而不得爱的女性很多，有的想爱书中主人光源氏及薰大将（光源氏之子）而不成功的，便因此烦恼；或者已从顺对手的男子几次，事后懊悔，苦闷于性与爱的女性，书中也不少，都是在灵肉之间烦闷而无法解决的。这样的描写当然是著者的生活之反映，著者在二十几岁就丧了她的爱人，所以写性爱的烦恼与灵肉的争斗。不过她的描写，不是堕于性欲描写的，不是如后来德川时代的作家所描写的肉欲的享乐。其所以能如此，是因著者的修养高尚；有生存于信仰的精神；著者的悲哀是深深地潜伏着的；她的同情心是很丰富的。所以《源氏物语》的恋爱描写，既不是十分的精神化；也不是十分的肉欲化，除了人情小说而外，又是一部杰出的恋爱小说。

（三）《源氏物语》的内容，是以历史为经，而以许多（串刺式）的女性为纬，全书亘着性爱的苦闷与别离的哀愁等情调，以前见述。此外作者更以她的女性观，理想中的男女渲染全书。所以藤冈作太郎博士在《国文学史》平安朝编，简直说：《源氏物语》的本意，实在于妇人的评论。"其实作者的女性观，是自然而然的，从她所描写的许多女性中表现出来的。然而就这一点就可以知道作者确怀抱着理想而执笔，即是在抱着描写为灵肉而苦闷的女性。著者在原作中所理想的男子是光源氏，为一多情貌美的贵公子；理想的女子是紫之上，为一绝色美人。此外还有许多重要的主人，女子多过男子，各有他们（或她们）的性格。这作者的理想观与理想的男女是原书的第三特征。

（四）《源氏物语》具有不朽的生命之故，并不在徒夸篇幅的宏大；也不是足以当得上平安朝的风俗史的名称，其原因实在于独特的恋爱之心理描写。著者写复杂的恋爱关系，是极可贵的。最初她写许多女性对于光源氏一人的各人的各种心理，后来又反过来写两个以上的男子对于一个女性的爱慕，就他们对于女子的位置关系，描写心理。如把《源氏物语》中的恋爱形式归纳起来，可以分为下列的各种：写爱者死别的，（如桐壶、夕颜等）；写生别的，（如空蝉、六条御息所等）；写男子对于年幼的女子的恋爱，（如若紫）；写男子对于年长的女子的恋爱，（如藤壶、六条御息所等）；写男子对于反对派的女儿的恋爱，（如胧月夜）；写因不得爱而苦恼，（如葵之上）；写多情女子的爱，（如源内侍、轩端之荻等）；写永不披靡的爱，（如槿）；写闭关主义的女子，如（末摘花）；写开放主义的女子，（如近江之君）；写争一个女子的恋爱，（如玉鬘浮舟）；写近亲的恋爱，（如柏木之对于玉鬘）；写亲所见的子之恋爱，（如夕雾之思念云井雁）；写子所见的亲之恋爱，（如夕雾所见于源氏者）；写淫人妻者，（如藤壶等）；写他人犯自己的妻，（如女三宫）；还有写不知身份的男女的爱的,（如大夫之监）。有了这许多形式，可以说是集恋爱描写的大成，堪称恋爱心理描写的宝库。

《源氏物语》的篇幅浩繁,计有五十四帖。全书结构分前后两部,前部四十四帖以源氏为紫之上为骨，配上许多的人物与事件：后部十帖，以源氏的儿子薰大将与白宫为骨，借大姬君、中君、浮舟三女作衬，前部写尽太平宴安的世态，后十帖则写出书中主人的运命，有悲剧的倾向。至于文字之美丽，在日本文学里可算是空前的，写景写情，都穷极巧妙。可惜文字艰深，原文非普通人士所可了解。近时的日本女诗人与谢野晶子已将原文译为近代口语文，计有二巨册。注释评论的书数百种。英人瓦勒氏曾译了一部分，流传西欧。现将五十四帖每帖的内容，节述于下，俾阅者得知道它的梗概。

第一帖桐壶 不知是哪一朝代的事，宫中有许多女御，更衣（女官），其中一个，虽出身微贱，但是容颜美丽，最得皇帝宠爱，因此遂遭别的女官嫉妒。帝不听他人的谗言，爱她更甚，后来生了一个皇子，这女官名叫桐壶更衣，（桐壶是宫殿名，更衣是职位；日本古代以职位或所居殿名，代替姓名。）因所居为桐壶院，故有此名。惜好事多磨，当皇子三岁时，那年的夏天，桐壶生病归里，渐渐病重，帝遣使去慰问，不料使者未归时，桐壶病故的报已来了，帝闻之自然悲悼，每值良辰，辄思念桐壶，甚至不思饮食。此时皇子即养育于帝的身旁，到了六岁，才知道自己的母亲的不幸，也会恋母垂泪。七岁攻书，聪慧绝伦，功课是不用说的，即琴笛之类，也很擅长。这时从高丽来了一个有名的相士，帝想叫他来替皇子看相，但是召异国人到宫里的事，向无先例，遂以某臣之子的名义，叫皇子到鸿胪馆去，叫相士看相。相士见了大惊，便说将来有帝王之份，但如实现，国必大乱。帝听了相士的话，就变了主意，本来是要封儿子做一个亲王的，因相士的话，贬为臣下，赐姓源氏。帝年年思恋桐壶，无以自慰，遂命一个容貌酷似桐壶的女官来服侍，她名叫藤壶，因她出身高贵，遂没有人敢欺负她。源氏长成后，容光焕发，美丽若处子，大家都光君光君的叫他。到了十二岁时，行着"元服"之礼，仪式之盛，不亚于东宫太子。当时为他行"加冠"式的为左大臣。左大臣有一个女儿，名叫葵之上。东宫本欲得葵之上，左大臣终未允许。原来左大臣的心里，早已看中了源氏，想把女儿嫁给他。后来此事果然如愿，葵之上遂做了源氏的聘妇，惟年龄则较源氏大四岁，源氏对她没有什么爱情，不知怎的，心却深深地恋着父亲身旁的女官藤壶。

第二帖蒂木 阴雨连绵，宫中举行法事。某晚上，源氏和他的妻舅头中将在寝室内品评妇女，源氏从橱内取出情书给头中将视览。不多时左马头与藤式部丞也来了，各人以自己的经验为本，说出了许多忏悔与恋爱论，终宵不倦。（此即"雨夜评定"，为原书中有名处。）

次日源氏访葵之上时，曾宿于纪伊守家中。见了纪伊守的父亲伊豫介的后妻空蝉，被她的美所诱，不能入睡，他便决然到正屋里去访空蝉，诉说他的衷肠。空蝉颤声道，"你错认了人吧。"源氏道："今夜相会，乃是天缘，决不是错认了人。"空蝉终不肯允许。后来源氏思念不已，时托空蝉的小弟弟小君传递情书，得了回信说，说："我也不是看这样的信的人啊！"

第三帖空蝉　源氏因相思空蝉，烦闷焦躁，他三思而后，便向小君道："如今我始知世间有忧郁了，我虽力自镇静；但心中实是痛苦，劳你想个法子，好叫我和你的姊姊相会一次吧！"后来有一次纪伊守离家，他的家中没有一个男子。小君在某日的晚上，用自己的车子，去接了源氏来到家中，秘密的引导源氏到空蝉所居之处。这时空蝉正和她的继女轩端之荻二人对弈。过了一会，二人都去睡觉了。小君引导源氏去空蝉的寝室，时空蝉不知何故，忽然有觉，她便悄悄地逃出屋外。源氏不知情由，走进屋内，不见空蝉，只见轩端之荻，那夜源氏就和她结了因缘，但仍不能忘空蝉，他偷了空蝉的一件小褂，紧紧地束在身上。后来空蝉责骂小君，源氏也骂他引错了路。这时源氏正是十七岁。

第四帖夕颜　源氏访六条御息所时，在中途听人说他的乳母大贰重病，他顺便去看她。车到门外，他命使者去叫乳母的儿子惟光出来，源氏在车中等候，车停在路旁。他见乳母的邻家，屋外用桧树作垣，屋内有几个女子，从帘内窥探他。因他所带的随从甚少，坐的车也是粗糙的，别人不知他是什么人，他也从车里看那屋子里的女子。这时他忽然看见这人家的垣上有攀藤的花缠绕，正开着白花的花，便问从者那是什么花，从者告诉他说是叫夕颜花。他叫从者去采撷，从者走近了那家的短垣，便有一个美貌的女子走出来，把夕颜花托在扇子上,这时恰好惟光走出来了,惟光便接过了花和扇子,转递给源氏,这才一同走进乳母的家中。源氏与乳母相见后便令惟光调查那个女子是什么人,又在扇子上题了一首歌,送去赠那个女子。其后经惟光的媒介,时时与女子相会,即名女子曰夕颜。这时空蝉的丈夫伊豫介回京,携空蝉归任,源氏听了,心中很烦闷。八月十五日,源氏想得一清静之地,好与夕颜二人同乐,他便带了夕颜出外,宿于河原院,饱享静寂之乐。那时源氏做了噩梦,梦见他先前所爱的女子六条御息所来责备他负心,恋新忘旧。源氏惊醒时,幽灵已不见,只见夕颜睡在身旁,他抱起夕颜,那知夕颜已经断气了。后来惟光来了,将夕颜尸身,移至东山,源氏尚希望她复苏,不即下葬,到了次日才葬,源氏自然悲哀,不在话下。只是夕颜究竟是什么人,据惟光去调查,也无头绪,那家人移住那里并不久,夕颜自己也守着秘密,源氏也没有向她说明身世,两人在黑暗中恋爱。后来才打听出来,这夕颜本是源氏的妻舅头中将的恋人。夕颜曾经生了一个女儿,有了三岁,恐怕就是头中将的血脉吧。源氏自夕颜死后,更悒悒寡欢,为她做了七七四十九日的法事,但是在暗中做的,没有人晓得。

第五帖若紫 源氏思念不已,忽患疟疾,曾经僧人祈祷,都无效验,有人劝他到北山的某寺去祈祷。源氏到了北山,祈祷之后,眺望山景,他见一家柴垣围着的房屋。中有一个年约十岁的女孩子,相貌极肖他所思念的藤壶,他便去访问,知道这小女子就是藤壶的侄女。藤壶此时因病离开宫廷,正养病家中。源氏寻着了服侍藤壶的命妇,命妇安排妙计,源氏便与藤壶亲近,二人感情热烈。源氏知她已怀孕三月,始觉犯罪之深。然源氏一面依然不忘记北山的少女,后来少女的祖母(本是尼姑)死了,她的父亲兵部卿要带她去,这事为源氏所知，他便把少女夺去，带归二条院，养育起来，少女读书极聪颖，又善体人意，源氏很爱她，她就是后来的紫之上。

  第六帖末摘花 源氏此时只有十八岁，他对于夕颜的恋慕仍旧没有消失，无论怎样，想要得一个如夕颜那样优雅的女子，以解他的忧闷。他听了乳母的女儿大辅命妇的话，常陆宫的女儿末摘花是如何的好，他得了大辅的帮助，某日悄悄地听了末摘花弹琴，甚至于和头中将竞争起来，源氏终于胜利，得与末摘花相会，相会之下，源氏见末摘花的容颜丑陋，鼻是红鼻，背是驼背，大大的失望；只有一点可取的，就是头发黑得好。源氏不觉扫兴。源氏因她的母亲常陆宫死了，觉得可怜，便帮助她的用度。此时紫之上（即源氏从北山带来的女孩子）渐渐长成，相貌娇艳，有一天源氏和她画画作戏，源氏画了一个长发的女子，在女子的鼻子上涂了红色，想起了末摘花，二人相与大笑。

  第七帖红叶贺 十月红叶盛时，宫中在朱雀院，为桐壶帝开五十岁的祝贺会，源氏在红叶下，为青海波之舞，以头中将为舞伴，愈显得源氏的美，帝大喜。藤壶到翌年二月十日产生一子，生后其貌酷肖源氏，帝不知情节，十分珍爱此子，且对源氏说此子极似源氏幼时。源氏不免受良心的苛责，藤壶也惊惧，二人相戒勿常相会。不久间，藤壶被册封中宫，任源氏为参议。

  第八帖花宴 二月二十日既过，宫中在紫宸殿开赏樱的宴会，亲王贵族，依御题作诗，皆无比源氏佳者。向晚，春宫请源氏舞，头中将亦舞。是夜月明如画，源氏微醉，走到藤壶所居的殿外窥探，见户已下键，他不愿空回，就推开小户。见一个女子口里吟着歌句走出来，源氏捉住她的衣袖，女大惊想要逃走，源氏不舍，遂结欢喜缘，天将明，两人互以扇子交换。三月二十几日，源氏赴右大臣招宴，打听出那夜的女子,是弘徽殿的妹。夜深,源氏走到女官的宿殿里去,再和那女子相会,咏歌赠答。

第九帖葵 源氏二十二岁时,让位于东宫太子,以藤壶所生之子,立为春宫,以源氏为监护。四月为贺茂祭,葵之上因不得源氏欢,常忧闷不乐,是日左右劝她去看祭式,街中车马杂还,游人拥挤,许多车子都让开了道路,好叫葵之上的车子经过,惟有一部稍旧的网车,无论怎样不避。两车的从者便争吵起来,后来葵之上的从人把那部车子推开,用力过猛,车榻折断。那车乃是六条御息所所乘的,御息所在人群里受此侮辱,便怀恨在心。从那一天起,葵之上更忧闷,似为御息所的怨气所凭。祈祷也无效验,到了八月,葵之上产生一子,起名夕雾,她便死了。源氏因原配已亡,自是悲悼,过了七七日,走访二条院,见紫之上已成人,容貌极美。时右大臣原拟以胧月夜(即前帖中与源氏交换扇子的女子)作源氏的正室,但源氏在暗中已和紫之上结欢了。

第十帖贤木 十一月,桐壶帝崩驾,藤壶所依赖的只有源氏了,惟藤壶畏人言,不敢常与源氏相会,然情之所钟,很难抑压。后藤壶不得已,遂于十二月削发出家,源氏殊觉失望。翌年,源氏二十五岁。胧月夜因病症居乡里,他听了心里不安,便暗中去会胧月夜,被胧月夜的父亲右大臣看见了,此事为与源氏不和的弘徽殿所知,源氏的身上将有祸作。

第十一帖花散里 这年的夏天,源氏颇觉寂寞,去访他的继母丽景殿及妹三宫。这一帖写诸人的岑寂。

第十二帖须磨 源氏因烦闷,又恐陷弘徽殿的诡计,思移住须磨浦,他所最难舍的是紫之上,最后到藤壶处辞行,二人挥泪,又向桐壶帝的墓陵告别,是夜便出发了。他闲居须磨后,思念他的爱人,无时或止。只有他接着紫之上给他的信时,稍稍得着安慰。

第十三帖明石 三月一日为上巳节,相传如在这一日祈祷,所愿的事情能够遂心,源氏在是日行了祈祷。从这天起,暴风大雨不止。从紫之上来的信,也说都城相同。那夜源氏得了一梦,见桐壶帝来告诉他,叫他随住吉神的指导,离开此地。次日,明石地方有一个叫做明直入道的人,有广大的邸宅,他也做了同样的梦,便来迎接源氏。源氏觉得奇异,就移居入道的邸宅。入道有一个女儿,名叫明石之上,他想把她嫁给源氏。女儿的性情耿直,她说身份不同,有不愿之意。后来到了秋天,在冈边地方源氏与她初逢,二人便成了眷属了。正当此时,皇帝害了眼病,弘徽殿也患病,遂以敕使召回源氏,这时是源氏二十七岁的七月。源氏能回都,大喜。但他不能不与明石之上分别,此时明石又怀了孕,二人十分悲痛。将别之夜,流泪弹琴。源氏回京,被任为权大纳言(官名)。

第十四帖澪漂 十月,源氏为桐壶帝行法事。翌年春天,皇帝让位给十一岁的东宫,任源氏为内大臣,以左大臣摄政,正是源氏一门荣华之时。三月十六日,明石之上生了一个女儿,源氏甚喜,选一乳母遣至明石。源氏已将明石的事和紫之上说过,并叫明石来京,明石恐上京后源氏变心,故仍留明石。

第十五帖蓬生 源氏谪居须磨时所遇的女子末摘花,此时受了她叔母的虐待,使役如女仆。源氏知道了此事,便带了末摘花到二条院居住,由他照顾她。

第十六帖关屋 源氏二十九岁时秋九月晦日,因许愿到石山进香,经过关山。正值常陆守任期满了,同他的妻子空蝉,从常陆回来,过关山时,与源氏的车相遇。源氏思念她的心仍旧没有消失,便叫了小君来将他相思空蝉的话传给她,空蝉作歌,叫他绝念。后来常陆守死了，空蝉出家为尼。

第十七帖绘合　这时皇帝只有十二岁，喜绘事。有女御名梅壶，较帝长十岁。帝因她年长，殊不悦。后因梅壶善绘，帝始与她相亲。时弘徽殿与梅壶争宠，弘徽殿的父亲头中将欲使他的女儿得中宫之位，便想出一条计策，请了画家来，画了许多故事图画，源氏知道此计，恐梅壶要失败，便送了许多画给梅壶。在宫中梅壶与弘徽殿两党时作赛画的竞争，一时不分高下，后帝以源氏在须磨所绘的《绘日记》为第一，于是胜利归于梅壶。从此时起，源氏渐感人世无常，有出家之念，（时为三十一岁）。

第十八帖松风　那年秋天，源氏修筑东院，以花散里居之，并迎明石之上居西院。明石以自己出身不如他人，且是乡间女儿，一旦杂侍美之中，恐见笑于人，故不肯来。明石的父亲，欲安慰他的女儿修筑大堰别邸，迎母及明石居之，其地风景绝佳，时闻松风。源氏闻之，想去访他，但畏紫之上，不能自由出外。到了秋天，因到嵯峨堂进香，暗中与明石相会，才见着了他与明石所生的女儿。

第十九帖薄云　源氏想把他与明石所生之女，作为紫之上的养女，紫之上先是嫉妒不允，后来答应了。源氏又去和明石相商，明石虽不忍与爱女别，但亦只好依从。翌年，人事变迁，葵之上的父亲（即源氏的岳父）死了，藤壶也死了，源氏已经是三十七岁。源氏感人生如幻，一天比一天悲观起来。有一夜，皇帝听一个和尚告诉他，说源氏是帝的亲生父，帝大惊，烦闷之余，欲以位让于源氏，但源氏不肯受。

第二十帖槿　源氏一生，凡他所爱的女子，是从不忘记的。这时他又想起了槿斋院，又去访她，以情书投赠，槿斋院拒绝他的爱。紫之上知源氏的轻薄，时时不乐，因此源氏不能不讨她的好。

第二十一帖乙女 源氏三十三岁,藤壶的一周忌日已过,初夏,源氏与葵之上所生的夕雾行"元服式",源氏要他多读书。这年源氏被任为大政大臣,头中将被任为内大臣。内大臣有一个女儿名叫云井雁,她与夕雾极相好,但内大臣不悦,竭力使二人分离。冬十一月,夕雾见惟光的女儿,貌似云井雁,夕雾爱她,依然不能遂愿,夕雾遂失恋。但学问则有进步,次年春,进士及第,被任为侍从。是年秋,源氏造六条院,以紫之上居春景殿,花散里居夏景殿;秋好中宫居秋景殿,明石之上居冬景殿,春夏秋冬四景全备,奢华至极。

第二十二帖玉鬘 源氏仍不忘夕颜,现造好六条院,更思念不已。头中将与夕颜所生之玉鬘,已嫁太宰少贰为妻。少贰殁后,转她的念头的人很多,后源氏令玉鬘居六条院,托花散里看照她。

第二十三帖初音 源氏三十六岁,他与六条院所居的女性尽兴的享乐。

第二十四帖蝴蝶 写紫之上的春景殿,日夜笙箫之声不绝,极其奢侈淫靡。及萤兵部卿,髭黑中将等送情书给玉鬘,因源氏做了玉鬘的监护人,诸人志不得遂。

第二十五帖萤 玉鬘觉得源氏恋爱她,她的心中为此事忧闷,她的心则属于源氏的弟萤兵部卿。

第二十六帖常夏 写花散里的夏景殿的繁华,诸女的游乐。源氏因爱玉鬘,烦闷不乐。头中将亦不知玉鬘为他与夕颜所生之女,他也爱上了玉鬘。

第二十七帖篝火 写源氏对于玉鬘的爱情日深,玉鬘渐为所动,秋夜月明,源氏常至玉鬘处弹琴,又以琴为枕,眠于玉鬘之旁。

第二十八帖野分 是年都中起大风,秋好中宫所住的地方,花草甚多,均被风吹折,紫之上所住之处亦然。夕雾因慰问风灾,至六条院，他从窗缝内偷视院中的女子们，看见紫之上容颜无变双，他始恍然于源氏不许他接近紫之上的缘故。

第二十九帖行幸　是年十二月，帝幸大原野神社。翌年二月十六日，玉鬘行"着裳"仪式。

第三十帖藤袴　写夕雾恋玉鬘。

第三十一帖真木柱　髯黑取玉鬘为妻。

第三十二帖梅枝　源氏三十九岁。东宫行"元服式"，左大臣的女儿三之君为丽景殿的女御。

第三十三帖藤里叶　写柏木为夕雾与云井雁合好。

第三十四帖若菜上　源氏四十岁，举行祝贺。源氏以女三宫居六条院，为紫之上所不悦。

第三十五帖若菜下　写柏木右卫门恋女三宫。

第三十六帖柏木　柏木不爱其正妻，反爱他的妹女三宫，良心的呵责与情热的炽焰相争，为恋而死。源氏与女三宫生一子，命名曰薰。

第三十七帖横笛　柏木临终时，以正妻落叶托付夕雾，后夕雾屡访落叶，陷入情网。落叶以柏木生时不离左右的笛子，赠予夕雾。云井雁知此事，不乐。

第三十八帖铃虫　女三宫因悔罪，削发为尼，源氏为她抄写《法华经》。

第三十九帖夕雾　夕雾对落叶的爱愈甚，某日，他将真情告诉落叶。云井雁的嫉妒更甚，夕雾不敢再去访落叶了。落叶怪夕雾薄情，不从夕雾之愿，云井雁也因此事回娘家去了。夕雾只得炮享岑寂的苦味。

第四十帖御法　紫之上身弱多病，已久享荣华，又见源氏的轻薄，愈不能耐，想要出家，源氏不允。紫之上病死，源氏终日忧闷，出家的心已决。

第四十一帖 幻 源氏五十二岁，自失紫之上以后，恍惚若有所失，冬日，决定出家，以了夙愿，将向来与女子往来的情书，都用火烧了。

第四十二帖 匂宫 此卷与前卷相隔八年，源氏殁。匂宫是他的外甥，年十四，源氏与女三宫所生的儿子薰，年十五。夕雾伴落叶，移居六条院。

第四十三帖 红梅 柏木的兄弟红梅右大臣，有女儿三人，欲染指者甚多。红梅欲以次女嫁给匂宫，匂宫则意在红梅的第三女。（按此卷为穿插，非正文）。

第四十四帖 竹河 玉鬘自髯黑死后，一心养育子女，写她的操劳，和她对于女儿的苦心，她想出家，未果。

第四十五帖至五十四帖 此十帖为《宇治十帖》。

第四十五帖 桥姬 源氏的第八之宫移居宇治，有女二人，八之宫每日教她们学习琵琶及琴。此时薰大将（源氏之子）自知罪孽之深，日夜烦闷。有一日他去访八之宫，二人相谈颇欢，以后便常到八之宫处解闷。有一次八之宫不在家，薰大将去时听着琴音，得见八之宫的长女，薰以歌赠她。

第四十六帖 椎木 八之宫的长女二十五岁，次女已有二十三岁，都是迨吉之年。八之宫因病逝世，以后事托付薰大将。薰对于长女的爱情日炽，他将心意告诉她，长女不愿，薰大将失恋。

第四十七帖 总角 薰每日想长女，但长女都拒绝了他。后长女因忧郁害病，不久便死了。

第四十八帖 早蕨 匂宫前游宇治，与八之宫的次女发生爱情，匂宫于次年迎接她住二条院。薰大将睹此情况，未免悲从中来，思念他的死了的恋人。

第四十九帖宿木　帝有女年十四，欲妻薰大将，但薰仍想念已死的女子。匂宫与夕雾的女儿六之宫结婚。薰大将与二之宫结婚。薰大将因所欲不遂，闷闷不乐。

第五十帖东屋　八之宫有一女儿名浮舟，与薰大将的已死的恋人是异母姊妹，自八之宫死后，寄养于常陆前司的家中，受继父的虐待。她的母亲中将便将她托于匂宫之妻，匂宫之妻又以之托付薰大将，薰见她的容貌与已死的恋人相肖，仍令她住在宇治，他时时去看她。

第五十一帖浮舟　匂宫见浮舟貌美，暗中又爱上了她。后知薰大将包围着她，匂宫起了嫉妒心。有一夜他扮装做薰大将的样子，到浮舟的屋里去，便结了因缘。浮舟后来发觉了，虽是焦急，但她并不愤恨，居然坐享二夫。后来薰大将知道了这秘密。她不堪困苦，便投身于宇治川。

第五十二帖蜻蛉　宫中发觉浮舟失踪，大众纷乱，搜寻浮舟，后来知道她已投河，浮舟的母亲中将也来了。中将听宫女说出浮舟自杀的原因，她不欲暴露女儿的秘事，也不去打捞女儿的尸身了。匂宫与薰大将均忧忿，是不用说的。

第五十三帖手习　浮舟投河，并没有死，被横川的僧都和尚救去，浮舟自愿出家，住于小野。

第五十四帖梦之浮桥　薰大将从小宰相处得知浮舟未死，悲喜交集。他请求横川的僧都和尚让他与浮舟相会一面；但浮舟不肯。他写信送去，也不回信，薰大将也不怨她，只觉人世茫茫，多情多恨罢了。（《源氏物语》全书至此告终）。

第四节 《竹取物语》及其他物语文学

竹取物语 《竹取物语》的产生时期,未有确实的证据,相传在延历以前,为日本最早的一种故事,作者也不能确知是谁,古来即传出自源顺之手。这篇物语的本事是这样:有一个砍竹的老翁名叫造磨,某日去砍竹,见一根发光的竹,便走近去看,那竹节里,有一个长约三寸的美貌女子,身上发着金色的光。他欢天喜地的捧在手上带回家中。后来又在山中的竹节里得了许多金子,于是老翁就变成富翁了。竹节中的女儿渐渐长成,过了三月,长得与常人一样。她所到的地方,虽没有灯火,也是光亮的,不单是这样,简直是一个姿容绝世的美女了。老翁请人为她取一个名字,叫做竹姑娘。这竹姑娘的故事传遍了各地,无论贵贱的人,都想得她为妻,但是没有一个中选。后来有五个人不远千里而来,向她求婚。那五人是石作皇太子、车持皇太子、右大臣阿部、大纳言大伴、中纳言石上麻吕。他们风餐露宿,忍着艰难来到老翁所住的地方,叫了老翁出来,说明来意。老翁知道是贵人驾临,无不乐意依从。可是竹姑娘不允,她想赶走这五个人,并且要试试他们的心,便出了五个难题目,叫五人去办,办到的就有希望。题目是:叫石作皇太子到天竺去取佛的石钵来;叫车持皇太子到东海蓬莱,取那白银为根黄金为茎,白玉为实的树子;叫右大臣阿部去取唐土的火鼠皮做成的裘;叫大纳言大伴取龙王头上的五色玉；叫石上中纳言取燕子巢中的子安贝。那五人听了，心中知道是万难办到的，只是因为美女的关系，不能不冒险去办。石作皇太子假装去天竺，却到大和国的古寺里去，取了神前的石钵，装入锦袋，冒充是天竺的石钵，献于竹姑娘。她看那石钵黯然无光，便知道是假的，石作便失败了。车持皇太子假装去取白玉的树子，三日回来，却叫了当时最有名的工匠来，在密室内假造玉树，又假装远行归来的模样，将玉树放在长柜里，抬着回来。大众听了，鼓舞欢欣，成为众人口上的佳话，流传各处。竹姑娘听了这消息，以为也只好嫁给他了，暗暗叫苦。车持来见老翁，把他冒险飘游的事上天下地胡吹一阵。不料此时那六个工匠跑来向他讨工钱，把此事说穿了。车持羞忿之余，入山不知所终。左大臣阿部写信给中国赴日本去的船主，托他购求火鼠的皮裘。回信说只听着火鼠裘的名，从来没有见过此物。后来一只中国船到了日本，阿部托人去买的火鼠裘，乘这一次船带来了，可是还差价银五十两。阿部倾家破产，得了火鼠裘，他来不及试验真假，飞跑地送去给竹姑娘。竹姑娘放在火里一试，变了一堆灰。这时阿部的面色变得比灰还白。竹姑娘自然是暗暗欢喜。大纳言大伴召集他的家人，叫他们四处寻觅龙玉，如寻不着，便不许家人回来。那些家人垂头丧气，自去寻觅。大伴想竹姑娘准是他的人了。一面鸠工建造金屋，预备迎接。到了晚上，不见一个家人回来。他着急起来，令人预备船只，航到海中，带了许多人同去，以便杀龙得玉。不料海里起了大风暴，大伴伏在船底，有几天不敢出来，大病而死，这一位又失败了。中纳言石上想得燕子的子安贝（相传妇人生产时，以子安贝握手中，便能安产），差许多家人到栋梁上去寻觅。但只寻着燕子的陈粪。石上因气愤生病，后来一命呜呼了。此事被皇帝知道了，便差人来看竹姑娘，竹姑娘不肯会。后来安排计策，皇帝出来打猎，看见了竹姑娘，要带她同归。竹姑娘化为一阵青烟，便不见了。过了三年，竹姑娘时时思乡流泪，八月十五日，有神仙来迎，她便回月宫去了。她行时，作了一首歌同着不死之药赠皇帝，作为纪念。帝得此药，以为徒为相思之恼，遂把药焚于高山上，名其山曰不死山（按即今之富士山）。

藤冈作太郎博士说《竹取物语》是受我国的《汉武内传》的影响而成的。当时我国的书籍，除《汉武内传》而外，如《穆天子传》《汉武帝故事》《西京杂记》《神仙传》《搜神记》《搜神后记》《灾异记》《列仙传》等，都已流传到日本。此种道家的书颇受欢迎，因之《竹取物语》也带着一点道家的臭味。

伊氏物语 《伊氏物语》与前述的《竹取物语》同为平安朝初期的重要著作，成于宽弘前后，作者相传为在原业平。内容为许不相连贯的短篇而成，凡一百二十六节，每节的文章不长，首句有"昔有某人"一语。内容以和歌为主，记男女相思之事。其中以在原业平记他青春时代的恋爱的故事，为最有精彩的部，兹译一例如次。

从前有一个女子，住在西阁，她是住在东五条的皇后的女侍。有一个男子，暗中深深的恋爱着她。在正月初旬，她便隐匿起来，他虽知道她所住的地方，但是不能去访问，他只有忧闷而已。翌年的正月，梅花盛开，那男子到西阁去，徘徊瞻望，见物故人非，一切不似往年，回想从前，坐地啜泣，直到玉兔西斜，因作歌曰：月呀，你不是昔日的月，但你与从前无异；春呀，你不是昔日的春，但你与从前无异。只有我一人，虽是昔日的我，但已不是昔的景况了。

次日黎明，他哭着回去了。

大和物语 《大和物语》二卷，产生时期，后于《伊氏物语》，作者传为在原兹春（业平之子）。体裁与《伊氏物语》同，也是一部短篇集，仍以和歌为中心，记叙当时公卿仕女的生活，及男女恋爱的佳话，下面是其中有精彩的一段。

从前有一个女子住在津国，有两个男人恋爱她，一个是本地人氏，姓菟原；一个是和泉国人氏，姓血治。二人的年龄、面貌、仪表、身材都是相同的。女子心想嫁给最爱她的一个，孰知二人对于她的爱情一点也分不出高下。二人时时来到她的家里，剖明各自的思慕。二人所赠的礼物，也是一样的，没有轻重。因为二人这中，没有一个可以超越其他一个，女子的胸中，异常忧闷。两亲见女儿的青春渐逝，无法解决，也徒咨嗟叹。女子想把两人都拒绝，可是他们时时来到女子的门外，用尽了许多求爱的方法，方法都是同一的，女子为此事实是苦极了。后来父亲想出了一条计策，在生田川畔，支了帐篷；叫了二人来，问他们说："你们两位对我女儿的爱都是一样的，这事须得快些解决，你们用箭去射河里的水鸟，射中的就把女儿给他。"二人听了他的一番话，都称赞这是一个好方法。于是二人持弓搭箭，向水鸟射去，一人射中水鸟的头，一人射中水鸟的尾，那女子见了这情形，更是忧心，遂吟道："厌倦了生命，我将我的身体舍弃，生田川呀！你不过是一个名罢了！"

歌毕，她就投身在从帐篷旁流过的河内了。正当女子的父母悲号时，两个男子也投身到河里，一个捉住女子的脚；一个捉着女子的手，都死了。两个男子的双亲来了，将在女墓的两旁，造他们儿子的坟。那津国地方的男子的父亲说，本地的人可以在这里下葬，他乡的人如何能葬在这里，犯此地的土呢？那和泉国地方的男子的父亲便去运了和泉国的土来，葬了他的儿子，于是女墓居中，男冢分葬左右，此墓迄今还在。

宇津保物语　《宇津保物语》（宇津保之意为洞穴）的产生约在十一世纪初，作者疑与《竹物取语》同，但未能确考。或疑原文非出自一人之手。此作出世，为《源氏物语》的盛名所压，故无人注意，全书虽尚保存，但错误极多。全卷共二十，都三十册，通行的版本，有许多种。二十卷的篇名如下：一、《俊荫》，二、《藤原君》，三、《忠》，四、《梅花笠》，（又名《春日诣》），五、《嵯峨院》，六、《吹上》（上部），七、《吹上》（下部），八、《祭使》，九、《菊宴》，十、《贵宫》，十一、《初秋》，（又名《相扑节会》或《内侍督》），十二、《田鹤之群鸟》，十三、《藏开》（上部），十四、《藏开》（中部），十五、《藏开》（下部），十六、《楼上》（上部），十七、《楼上》（下部），十八、《国让》（上部），十九、国让（中部），二十、国让（下部）。兹述第一卷俊荫的梗概于次。

第一卷《俊荫》，记藤原俊荫。俊荫之母为内亲王，为日本最上之贵族。俊荫生后，双亲欲试他的聪敏，故意不叫他读书，但他能自习，七岁时，已能够同朝鲜来的人用汉文彼此赠答。时天子闻他的奇才，面试他，他的成绩在众人之上。十六岁被派为遣唐使，赴唐的途次，船遇大风，同行之船失踪，俊荫所乘漂流异国。同船者皆溺毙，惟俊荫一人庆生。俊荫上陆后，终日念佛。眼前忽现鞍马，俊荫遂乘马上，随马前行，至一旃檀树下，灵马忽不见。见树下铺有虎皮，三个仙人坐而弹琴。俊荫留居其处，直至次春。一次他听着西方有伐木的斧音，俊荫得仙人的允许，便去寻觅声音的所在。他一路探险，或渡深河，或跋涉险峻，到了第三年的春时，始至其地。他从山上俯瞰，见千丈的谷底，阿修罗王正在砍那伐倒的桐树。阿修罗王发如刀剑，脸如烈焰，手足如锄锹，眼如金碗。俊荫将为阿修罗王所害。正当此时，空中黑暗，大雨滂沱，雷电交鸣，有乘龙童子自空而下，以金札示阿修罗王，免俊荫一死，并以桐树三分之一赠给俊荫。有天女下降，以木造琴三十架，俊荫携回十架，向仙人学琴。三十九岁时方归日本，后娶妻生一女。俊荫夫妇死后，女儿独立乡间，安贫度日。某日，有一少年，名叫藤原兼正来访她，相爱悦。少年之父不乐，后少年遂不再来。时女已孕，生一子，事母甚孝，时钓鱼采果实奉母。此子入山寻访住所，见大树有一洞穴可以居住。但不敢迎母，因洞穴为熊所居，熊见了要吃他。他流泪向熊诉说一切，熊遂带了它的小熊移到别处去了。他便迎母同居洞中，有猿来赠以食物。后十年，其父打猎山中，始携母子回，享团圆之乐。

落洼物语　相传为源顺之作，计三卷（或作四卷）。记中纳言忠顺之妻，虐待继女，命继女居寝殿之洼处，故名《落洼物语》。后继女与藏人少将相爱，得侍女之助，遁往他处，过和平的生涯。此作带伦理的分子，有劝善惩恶之意。

狭衣物语　自《源氏物语》出后，为贵族所传诵，风世当世。后来作者，以钉饾补缀为事，竞起模仿。仿《源氏物语》之作，以《狭衣物语》为最有名。全书四卷，相传为《源氏物语》作者紫式部之女贤子所作，一说为禖子内亲王之作。内容写狭衣大将与源氏宫的恋爱，悉以《源氏物语》为法。

浜松中纳言物语 亦为模仿《源氏物语》之作，作者不详。现存三卷，非完本。原书记左大将的儿子，长为中纳言，渡至唐朝。时唐朝皇后为日本人后胤，中纳言与她一见便相互恋爱，生一女。居三年，中纳言携女返国。

夜半的醒觉 此种无刊行本，以写本传世。现存写本只有黑川博士所藏五卷与中村秋香氏藏本五卷，及秋元子爵珍藏的绘卷（画家春日隆能所画）一卷。内容记贵族男女的恋爱。

取换物语 作者年代不详，共四卷。记权大纳言有男女二，二子性格奇异。男孩性如女子，女孩性如男子。其父欲互换性格而不能，故服装亦异。长后，男的去做宜耀殿的女官，女的做了中纳言。交换有男女性格之意，故名。

堤中纳言物语 堤中纳言即藤原兼辅。兼辅在延长年间为权中纳言，世居鸭川堤下，世称之为堤中纳言。死时为承平三年，原书即记承平至永承六年间贵旅吟咏游戏的故事。作者已不可考。惟文字劲拔，构想奇警，是其特色。全书共十卷。

今昔物语 一名《宇治大纳言物语》，作者为源隆国，人称他为宇治大纳言（宇治是他所住的地方，大纳言是他的官）。相传他是一个大胖子，非常怕热。夏时，他从琵琶湖（在京都附近）到宇治川畔的南泉房地方避暑，手中挥着大团扇，叫过路的人，进他的住所去，饮以茶，命童子挥扇，请他们随便说一桩故事。宇治大纳言便记了下来，就成了这一部《今昔物语》。原书为六十卷（别有三十一卷本，二十九卷本），其中三十卷记日本的民间故事，其余记中国、印度的故事。虽为荒唐无稽的故事，但别有一种野趣，实写中等以下的人情世态，含有民俗学的元素，为后世平民文学的先驱。

宇治拾遗物语 为《今昔物语》的续编，共十五卷。体裁文字，与《今昔物语》同。

第五节 日记与随笔

日记 平安时代为散文发达的时期，除物语外，日记文学也颇有文学的价值。如将日记的性质区别其差异，可得三种：一、旅行日记（同游记纪行），如《土佐日记》《更科日记》。二、记日常生活状况的日记，如《紫式部日记》。三、叙事的日记，如《蜻蛉日记》《泉式部日记》《赞岐典侍日记》等。

土佐日记 为纪贯之任土佐守后之作，记离任还都时的途程（所记的时代为公元九三五年）。他作日记的动机，是为纪念已死的爱女。其特色为抒写人生的欢乐与哀愁，随境遇而变。

更科日记 一卷，为管原孝标的女儿所作，记十二岁时随父赴任，至仕中宫嫄子时，及与夫死别此四十年间的喜怒哀乐。

紫式部日记 即《源氏物语》的作者紫式部之作，记她在宫廷内的日常生活与见闻。

蜻蛉日记 为藤原兼家之妻所作，写她二十一年间的生活的情形的方面，兼有自叙传、日记文、小说的构想之长。

泉式部日记 又名《和泉式部物语》，为一种从客观描写的短篇恋爱日记，为和泉式部之作。

赞岐典侍日记 二卷，二条院赞岐著，记宫中琐事。

随笔　清少纳言的随笔集《枕草纸》，为与《源氏物语》齐名的著作。清少纳言是一个贵妇，她的父亲是清原元辅。《枕草纸》的题名，是因她把原稿发生枕边。就所有想到的或看见的随笔写成，所以名《枕草纸》。大半是记载她的趣味嗜好与宫廷琐事，在文艺史上颇有价值。

第六节　历史文学

荣华物语　这是一部用日本语记载史事的书。相传为女流诗人赤染卫门之作。共四十卷，分上下两篇。上篇记宇多帝至后一条帝八十四年间的史事；后篇记后一条帝至堀河帝六十四年间的史事。

大镜　共八卷，记文德天皇至后一条天皇十四代七十五年间的历史。著者及年代不详，传为藤原为业之作。"镜"的意思即是"以古为镜"，也就是历史。大镜与后来的《增镜》《水镜》《今镜》三作，并称为"四镜"。

延喜式　五十卷，记延喜时代（公元九〇一年至九二二年）朝廷的年中行事、礼仪、百官的礼节等。成于公元九百二十七年。首十卷，详叙祭礼的仪式，并列举各代的《祝词》。其余四十卷，对于各官省组织与官吏的服务规定，均有详细的说明。

平安朝文学（即中古文学）的主要作家及其作品，已缕述如上。此外尚有模仿我国的汉诗汉文的著作，但均幼稚。故本章所述，只取日本特有的作品；足以代表日本国民文学之作。

综览此期的文学，可概括为（一）贵族的文学，（二）女流的文学,（三）恋爱的文学。这都是从平安时代的社会背景所生出来的结果。当时藤原氏一门专权，文学的运命几乎操诸藤原氏一门的手中。著名的作家，常为藤原氏，或为他们的姻娅，故此时期的文学，又可称之为藤原文学。

艺术的花，常开于和平的花园里，在这粉饰太平的时代，宜乎有《源氏物语》《枕草纸》一类的作品出世。不特在日本国为无上的宝典，即在全世界的文学里也占有相当的价值。其所以产生这样的作品，实在是当时的贵族生活所造成的。由此时期的文学，称之为宫廷文学，也没有什么不可。

第四章 近古文学

第一节 镰仓文学

总论 镰仓时代指后鸟羽天皇文治二年（公元一一八六年）至元弘三年北条氏灭亡时止（公元一三三三年）。此时日本虽无外患，然内乱频仍，干戈扰攘。中央权力旁落。诸侯的势力日盛，藤原氏衰，平民继之。平民仆、北条氏起。盛衰，兴亡，治乱，都错综于此时。因社会人心动摇，欲得到精神上的安慰，故禅宗及新佛教，支配一般人的思想，此种思想，常流露在诗歌与佛徒的著作里面。次则武士道的思想更进一步，为当时的中心点，好勇狠斗，既为镰仓时代争权夺利所不可缺少的，故记载战争的文学，遂成为这时的特征。如将此期文学与前期平安时代比较，则此期文学为男性文学、硬性文学、动的文学、变化的文学；前期文学（即平安文学）为女性文学、软性文学、静的文学、平板的文学。直言之，此期乃武士文学；

前期乃宫人文学。

当十二世纪末叶，源赖朝与其他诸侯苦战之后，开幕府于镰仓，称征夷大将军，统辖全国的兵马，是为武门执权的滥觞。此时皇室虽存，不过徒拥虚名。文武的实权，都在幕府的手中。当此武人时代，他们为自己的生存，只知日夜演武。故此时的文学，大受他们的影响，不如平安文学之盛。可是也自有此时的特色，产生于这样环境里面的散文与韵文，都带着这时代的空气。

战记物语 镰仓时代的特产为战记文学（或军记物语），所谓武士道的文学就是这一种。如《保元物语》《平治物语》《平家物语》《源平盛衰记》，都属于战记文学。此四种与后来室町时代的《太平记》，合称为五大战记文学。

《保元物语》记后白河天皇保元元年（公元一一五六年）的战乱，全篇三十七则。《平治物语》记二条天皇平治元年（公元一一五九年）的战乱，全篇三十六则。相传二书均为大纳言叶室时长所作。《平家物语》十二卷，著者与年代不详。《源平盛衰记》四十八卷，传与《平家物语》同出一人之手。二书所记的史事前后相承，写源、平两氏的盛衰兴亡，其内容疑系模仿我国的演义体（如《三国演义》之类）。这四种物语的著作年代与作者均无一定，高木武氏称它们的作成，经过许多作者及不同的年代，乃是真正的国民的著作。他们的异本甚多，《保元物语》约有二十四种，《平治物语》约有二十二种，《平家物语》约有八十八种，这足以证明他们是养育于多数国民的手里的，是适应国民的好尚而发达的。这些读物，普及于当时的民众，是不用说的。并且可以用琵琶和着说书似的说给别人听，文学有音节之美，叙述也有抑扬顿挫之妙，加以内容都是勇壮悲歌的人物，所以能适合日本人的胃口。这四种物语所表现的，就是当时日本民族的尊王忠君、祖先崇拜、家名尊重、尚武任侠、自爱爱人诸德。

敕撰歌集　敕撰歌集，已成为日本古代帝王的一种旧套，所以此时代的韵文，仍以敕撰的和歌集为主。平安朝时，已有敕撰的和歌集七种。此时又有九种。九种的名目、撰者、敕撰的皇帝等如下表。

集　名	卷　数	撰　者	敕撰者	日本纪年	公元纪年
新古今	二十	定家等五人	后鸟羽天皇	元久二年	一二〇五
新敕撰	二十	定家	后掘河天皇	贞永元年	一二二二
续后撰	二十	为家等	后嵯峨上皇	后深草建长三年	一二五〇
续古今	二十	为家等	后嵯峨上皇	龟山文永二年	一二六五
续拾遗	二十	二条为氏	龟山上皇	后宇多弘安元年	一二七八
新后撰	二十	二条为世	后宇多上皇	后二条嘉元元年	一三〇三
玉　叶	二十	京极为兼	伏凤上皇	花园正和元年	一三一二
续千载	二十	二条为世	后宇多上皇	后醍醐元应二年	一三二〇
续后拾遗	二十	为藤为定	后醍醐天皇	正中元年	一三二四

上列敕撰歌集九种，悉以前代和歌为法，以模仿为贵，缺乏独创的能力，故价值也不及前代诸集之高。除皇帝敕撰的歌集而外，尚有私人的歌集，著名者为西行法师的《山家集》，源实朝的《金槐集》，藤原定家的《拾遗愚草》《小仓百人一首》（传为定家所撰，待考）。就中以西行法师的歌最优，富有独创的风格。西行俗名佐藤义清，曾为武士，后厌世出家。所咏多为自然景物，真情流露，为时人所难能。

日记与纪行文　这时又有模拟前代的日记与纪行文。日记有《中务内侍日记》一卷，作者为宫内卿永经之女中务内侍，她在龟山帝至伏贝帝时充宫内内侍,详传已不可考,所记为自己的见闻。次为《辨内侍日记》二卷,大辅信实之女辨内侍所作,记宫闱杂事。

纪行文有《海道记》二卷,《东关纪行》一卷。《海道记》之作者为源光行,记由京都到镰仓的途程:《东关纪行》的作者为源光行的儿子亲行,记由京都东下的途程,文中杂以吟咏,亦有佳作。

鸭长明的方丈记 鸭长明的《方丈记》为此时的著名的随笔集,鸭长明为京都加茂神社的司社,通音乐,善和歌。后剃发为僧,改名莲胤,隐于大原山,时年已五十。建历中至镰仓,将军实朝素耳其名,屡召与谈。其后他回京都,自出心裁,造成一室,方一丈,高七尺余,屋中的柱、楹、窗、壁都用钩结成,配以二轮车,可以随意所之。《方丈记》即在此室内著成,故名《方丈记》(成于公元一二一二年)。其中所记安元年京都的大火灾(公元一一七七年)、养和年的大饥(公元一一八一年)、元历年的大地震(公元一一八五年),最为后世所贵。原书本为一小册子,仅有三十页,但于长明的品性与趣味,及他的佛教的思想,都可在书里推察得出。长明除《方丈记》外,尚有《无名关抄》与《四季物语》二作,前者论歌体,后者述年中行事。

第二节 室町文学

总论 室町时代指南北朝统一时(公元一二九二年)至关原之役(公元一〇六三年),即足利义满至德川家康之二百余年间。在室町时代前,本有南北朝时代(公元一三三二年至一三九二年),不过南北朝之六十年间，无杰出的作家，文艺史家常不置论，因此本书也将南北朝时代并入室町时代叙述。

室町时代乃日本文学中落时代，也就是黑暗时代。黑暗的原因，起于社会的不安。因此时的内乱较之镰仓时代更甚，武士的权力极大，社会道德也以武士道为本位，以简朴为上，抑压感情，人多怀遁世之念。遂造成四种时代倾向，其一为过度的个人主义，武人的首领（即当时的将军）并不忠心皇室，只知扩张自己的势力，个人只知个人的私利，不知有所谓社会，没有统一的社会。其二为党派的争轧，这是造成黑暗时代的主要原因，如元弘年间有皇统之争；建武年间有新田与足利之争；南北朝有骨肉（尊氏与直义）之争，此外尚有兄弟、叔侄、君臣、从兄弟等党派的倾轧。其三为武士道的横行，武士之剽悍，较之镰仓时代为烈。其四为文武不分，武人即为文艺的保护者，赏玩文学的人也只限于社会的一部分。当时的文学受了这四种时代精神的影响，遂无发达的可能。比如个人主义盛行的结果，遂没有关于国家社会全体的著作，文学作品只限于个人的记叙（例如《曾我物语》《义经记》等）。又如文武不分，则文艺成为武人的附属品，徒为武人的颂赞文字。此外又受了宗教的影响，当时的宗教类于迷信，所以文学也迷信成法，千篇一律，这也是文艺发达的阻碍。有上述的各种原因，室町文学遂黯然无光了。

谣曲 室町时代之代表的散文，乃是谣曲。谣曲是"能乐"的谱词，是舞蹈、音乐、诗歌、美文的集合体。材料多取自《伊氏物语》《源氏物语》《平家物语》，及其他故事传说；有一部分采自我们的史事。就其内容，可分为三类：一、关于神事的，如《大蛇》《玉井》《大社》（均篇名）等。二、关于祝颂的，如《高砂》《老松》等，此类寄托于自然界或草木，歌颂神德。三、关于精灵的，如《实盛》《朝长》《安达原》

《葛城》《天狗》等。就谣曲的结构上，可分为二段、三段、五段等组织。二段组织最为普通，例如。

（一）某敕使到某灵验的神社上香，此时忽现一老翁，老翁将神社的灵迹说给他听后，倏然不见（第一段）。这回社中所供之神登场，为国土庶民祝福（第二段）。

（二）某行脚僧寻访各地古迹，走到一古战场，忽现一老翁，老翁将名胜的详情告诉他，又说自己是为讨敌而死于此的灵魂，叫僧人为他做法事，说毕不见（第一段）。当僧人念佛诵经时，而灵魂忽化为名将，现出他生时的形相，把他讨敌交战时的模样演出来（第二段）。

（三）平家的勇将某甲，到了穷途末路，做了盲目的乞丐，居日向的乡间，他有一个女儿住在镰仓，远远地跑来看他。某甲羞惭，隐了姓名，后因里人的帮助，父女会面（第一段）。某甲因为女儿的要求，他把八岛鏖战的往事说给她听（第二段）。

（四）有为皇帝扫宫廷的老人，见了某女官的貌美，心里爱她。女官得知此事，便在庭池旁的树枝上挂一个绫鼓，叫他打鼓，若宫里能够听见鼓声，则女官可以和他一面。老人听了狂喜，便去打那鼓，鼓是绫做的，如何能出声，老人失望，便投入池里死了（第一段）。女官听说老人死了，就来到池边，那池里波浪相击的声音，恰如鼓声，女官忽不见。老人的幽灵出现，打那绫鼓，一边打一边责骂，为女官之祟（第二段）。

这样的结构，是千篇一律的，我们觉得为谣曲可惜。现在行世的谣曲有五派：一、观世流，（以观阿弥、世阿弥二人之作为主），为最通行者。二、今春流，（出于奈良的圆满井）。三、实生流，（出于户山）。四、金刚流，（出于坂户）。五、喜多流。五派的文辞各有不同，内容大多类似。

谣曲的起源，到现在还成为学者间讨论的问题。七理重穗氏著《谣曲》与《元曲》一书，肯定二者的直接关系。惟谣曲是"能乐"的词谱，"能乐"的前身受我国隋唐散乐的影响；到了后来，又受我们元时杂剧的影响，其词句也仿我国的杂剧。荻生徂徕说："能乐乃拟元杂剧而作者，为元僧东来所授；但本国人亦有自作。"因此可说谣曲的产生，与我国元时杂剧有直接的关系。它的长成与发达，却经过许多的阶段。

狂言 表演"能乐"时，有一种"间剧"，名叫狂言，狂言是一种短小的喜剧，演于"能乐"之间，好使演者能有余暇。狂言的来源也经过许多阶段，起源于祝仪狂言。乡间的农人，到了正月，携着礼物，去向地主贺年，地主赐以酒食，遂欢欣鼓舞，是为祝仪狂言，如《松楪》《相合乌帽子》《三人百姓》之类是。后来分化为许多种类，或写争斗、讽刺、冷笑；或写鬼神（如《神鸣》《鬼的槌》《首引》等篇）；或写残废者（如《三人片轮》《聋座头》《井碎》等篇）；或嘲僧侣（如《水汲》《新发意》《仁王》《地藏堂》等篇）；或愚弄头陀（如《柿山伏》《蟹山作》等篇），此外又写夫妇、游兴、盗贼、武士等。取材的范围甚广，与谣曲之拘谨不同，谣曲的取材多为英雄、美人、名将、硕学、名僧、神佛、幽灵，以表征庄严、真挚、神秘；狂言则与它相反，将一切人物化为凡俗，以供它的轻嘲讽刺。谣曲是用纯文体写成，狂言则用纯白话写成。谣曲只供当时武人的赏玩，平民不知其兴趣所在，狂言则为一般平民所喜悦，为后来平民文学的滥觞，又是一种足以表现日本民族的乐天性快活性的文学。

历史文学 当时的散文除谣曲、狂言外，则为历史文学、随笔与小说。历史有《太平记》《神皇正统记》《增境》《吉野拾遗》《曾我物语》《义经记》等作。随笔有兼好法师的《徒然草》。兹分别论述如下。

太平记 原名《安危由来记》，或称《国家治乱记》《国家太平记》《天下太平记》等，后单称为《太平记》。内容记花园天皇文保二年（公元一三一八年）到后光严院贞治六年（公元一三六七年）这五十年间的史事，其中著名的史事有元弘之役、建武中兴、南北朝的对立等，以当时政教与战乱的事迹为饰，作者为小岛法师，法师的传记不详。此书的特色有六：一、文字的华丽；二、引用佛语处颇精细；三、描写用夸大法；四、善用对句法；五、记行旅的景物与山川的变异处，文字极其富丽雅致；六、词材丰富（据三浦圭三氏的批评）。全书共四十卷，说佛教处占多半，为研究日本宗教史的好资料。

神皇正统记 《神皇正统记》六卷，北畠亲房之作，新房是一个政事家，又是武人，当后醍醐天皇时，天下大乱，他曾仕于南朝。此书的目的，在记录神皇的正统、帝权的沿革、天子的系统、帝位的继承等。第一卷专载神话，叙日本国土之产生，取材于《日本书纪》；二至五卷记神武天皇以后的历史至伏见天皇即位时（公元一二八八年）；第六卷记亲房当代的历史，以论政事为主，于历史仍未详说，与其说此书是一部历史，倒不如说是一部鼓吹政治运动的书，故少文学上的价值。

增境 记后鸟羽天皇至后醍醐天皇百五十年间的历史，作者不明，有称一条冬良作的，又传为后普光院良荃作。内容仿荣华物语，文字则似《大镜》之流丽典雅。

吉野拾遗 二卷，记延元元年（公元一三三六年）至正平十三年（公元一三五八年）约二十三年间的史事，作者为吉房，以记载他服务朝廷时的回忆，为全书的主要部分。

曾我物语 十卷，记河津三郎死后，十郎五郎为他复仇的故事，为后世稗史讲谈的渊源，对于通俗文艺的影响甚大。

义经记 八卷，著者与年代不详，记源义经一生的故事。后世通俗文学，多取材于此书，价值与《曾我物语》同。

徒然草 室町时代的随笔文学有《东齐随笔》《榻鸭随笔》《徒然草》等，就中以兼好法师的《徒然草》为最有价值。兼好本姓卜部，曾居吉田，又名吉田兼好。他的随笔集《徒然草》，乃是"清闲"与"闲寂"的产物。全书二百四十三段，每段各自独立。材料有传说、异闻、事实、修养的问题、趣味的问题、世态人情、风景自然，抒写作者的观察、感想与主张。他的思想，经许多批评者的研究，可以概括为二：一、是倾于压世主义，作者一面受佛教的思想，一面又受老庄的思想；二、是作者的主张与感想，在书中各处都现出矛盾之点，一面是那时代的新思潮，一面又是平安时代的旧思想。只是他所说的话，有许多是近代人所不曾说的，在这一点上他许是超时代的人物。就随笔里的文章，可以看出他有三点小理想：第一，他不愿长生，想不足四十岁便死；第二，他不愿有孩子；第三，他不必娶妻子，这都是他的趣味。

小说 室町时代的小说，是一种浅薄的教训故事、儿童故事。教训的故事取自佛说，教人以处世之道。儿童故事有《松帆浦物语》《幻梦物语》《鸟部山物语》《嵯峨物语》等。此外还有一种传说，称为《御伽草纸》，为当时儿童妇女所爱读，为国民传说，信神崇佛的集成。

连歌 连歌为室町时代的特产，是当时的新兴文学。它的起源有下列的几种原因：一、从前短歌盛行，有一定的规律，束缚甚重，到了此时，便发生新歌体，以求感情的解放；二、连歌的体裁本是一种游戏文字，表现当时人的机智滑稽的性格；三、我国本有联句的诗体，连歌显然受联句的影响，也可以说是模仿联句；四、当时有一种迷信，用连歌以奉纳于神，作为祈愿的仪式；五、看连歌与赌博同样，为一种博胜负的游戏，仿佛现在的"文艺悬赏"样，这是因为当时的人喜欢物质的胜负，所以也在文字上赌博。连句时甲咏上句，乙连下句。上句与下句均有独立的意义，并无有机的关系。当时以连歌称者，有良基、宗祇、宗鉴、守武诸氏。

敕撰歌集　室町时代也有敕撰歌集，如《风雅集》《新千载集》《新拾遗集》《新后拾遗集》等是，仍承前代绪余，谨守和歌的理法。著名的歌人有顿河、兼好、净辨、庆云，称四大天王。此外如宗良亲王、今川了俊、僧正彻、太田道灌等亦有名于时。

以上为镰仓室町两代文学的概略，平安时代偏重文事，到了此时则偏重武备。佛教的厌世无常的思想流布上下，故文运也操在缁流的手中。武士道的文学，与佛教的无常观念相和，成为镰仓、室町时代文学的特长。

第五章 近世文学

第一节 总论

近世文学的范围，指庆长五年（公元一六〇〇年）至明治王政维新时（公元一八六八年），二百六十八年间的文学，或称为德川文学，或称为江户文学。以前是贵族文学时代，此时则为平民文学时代。

室町晚年，天下大乱，割据各地方的武人，蔑视中央，日以争夺土地权利为事，故社会动摇，人心不安。后有织田信长出，他是一个勇敢果断的武人，辅佐他的，有名将羽柴秀吉、德川家康诸人。织田曾平定诸藩，打倒足利氏。正亲町天皇天正十年（公元一五八二年），信长为逆臣所弑，大权遂落在羽柴秀吉的手里，秀吉自称大阁（即丰臣秀吉太阁），支配当时的日本，到了后阳成天皇庆长三年（公元一五九八年），秀吉逝世，国内复起争端。经过关原大战（公元一六〇〇年），德川家康扫荡反对者（石田三成），遂握天下的霸权，升为将军，开幕府于江户（今之东京）是为德川幕府的始祖。德川不仅是一个武人，又是一个大政治家，在封建制度之下，万民歌颂升平，足有二百十余年。子孙相续十五代，称霸至公元一八六七年（中国清穆宗同治六年）。因有德川氏的治绩，遂把纷乱的局势，归于平静。他所住的江户城，不特是政治的首都，商业的中心，也是文学的中心。

德川家康一面建立军国主义的政治，一面复不忘文化的设备，对于文事尽力提倡。他自己常命儒臣讲书（令冷泉为满讲《古今集》，飞鸟井雅庸讲《源氏物语》），又发令廉征天下的遗书，因此各地诸侯受他的感化，争夺的风气渐次缓和。又利用印刷术，刊行《贞观政要》《周易》《群书治要》《吾妻镜》《大藏一览》等书。一面提倡尊儒，遂促进民众文学的创造。使元禄时代（公元一六八八年至一七〇三年）文化、文政时代（公元一八〇四年至一八二九年）成为文学史上的新时期。

近世平民文学发达的原因，间接是德川氏政治的优良，直接则有三个原因：第一是时代的和平。在镰仓、室町时代，人民已饱经战乱，自德川氏平定战乱，和平时期继续甚久，除了地震与失火等天灾外，史家颇缺乏可记载的事变。一般人生长在这和平的空气里，于是才有要求文学、美术的余力。第二是经济的变革，德川时代已非武力中心时代，乃是以经济为中心的时代。这时不动干戈，商业生产盛旺。开始了和平的经济战争。大阪的富豪忽然增加，此等富豪（如定屋辰五郎等）的财权，足以左右其时的政权。社会里的贫民减少，人民的生活自然有闲，他们遂要求小说与戏剧。第三是平民的实力充实，文化随之进展。当时既为经济中心时代，平民阶级逐渐抬头，这种倾向，在德川第四代家纲时已经表现出来。他们的生活安定，遂要求生的跳跃，在情感上发挥奔放的自由，同时对于国文学自由讨究，于是就有代表平民思想、平民感情的文艺产生出来。以上的三大原因错综融和，于是所有的文学与美术，不仅只为武士、贵族阶级的专有物，平民阶级也能自由享受。空前的平民文学时代，始于此时到来，成为一种新的文学的情调。

第二节　小说

这时代的文学，既是平民的，故应首先讲到流布于民间最广的作品，这些作品都具有小说的雏形，可以分为下列几种。

（一）假名草纸

（二）浮世草纸

（三）草双纸（分赤本黑本黄表纸）

（四）读本

（五）洒落本

（六）人情本

（七）滑稽本

假名草纸　与后来所出的夹有汉字的草纸（即纸本之意）不同，是全用假名（日本的字母）缀成的。当时著名的作家，有如僴子（作《可笑记》五册《百八町记》五册）；铃木正三（作《二人比丘尼》《因果物语》）；浅井了意（作《御伽婢子》十三册）；山冈元邻（作《身之上》六册、《小扈》六册）诸人。

浮世草纸　《浮世草纸》意即今之写实小说，以写人生世相为主，创始者为井原西鹤（公元一六四二年至一六九三年）。西鹤为大阪人，生于元禄朝，他本是一个诗人，从西宗因习俳谐，能独具双眼，观察现世，知人心的秘密与市井的罪恶。他的著作，为此时期的平民文学别开生面，可以分为三期：初期的著作，描写男女的爱欲；中期描写武士；后期描写町人（商人）的社会。他的处女作为《好色一代男》，此作与法国莫泊三（Maupassant）的杰作《漂亮朋友》略近，讴歌肉欲的享乐。全书部八卷，写放荡子世之助的享乐生活，分五十四个场面。世之助是一个具遗传性的好色的人，七岁时已知恋爱，十一岁便近女色，后来放浪各地。到了三十五岁时，因承受父亲的遗产，他的游狎的方法，更形奇妙。这种享乐生活，直到世之助六十岁时方止。此作出后，大受世人的欢迎。其后更作《二代男》《三代男》《男色大鉴》等，描写男子的狭邪情调。《一代女》《五人女》，则写女性的肉欲的享乐。后来因为官厅禁止发行，遂改变作风，以京都大阪市民的经济生活为题材，著《日本永代藏》《世间胸算用》。又以史料为题材，作《武道传来记》《小夜岚》《彼岸樱》等作。《日本永代藏》与《世间胸算用》描写商人对于金钱的心理，极为深刻，为现代的作家所称道。就他的各种著作，可以看出他的思想的特色：一、平民的；二、物质的；三、讽刺的；四、细微；五、本能满足（写色、酒、财）。《一代男》《一代女》等书虽流传于后代，但已非本形，被道德家删改减色不少。

草双纸　西鹤以后，《浮世草纸》的内容与外形，逐渐变化。另有一种《草双纸》流行，封面表纸色赤者曰赤本，黑者称黑本，至安永年间，又改为黄封面，称《黄草纸》。初出时本为一种有画有字的"伽噺"（传说、儿童故事之类）。赤本中有妖怪谈；黑本中有故事，

《黄表纸》则纯为讽刺、滑稽、机智、轻笑的文字。恋川春町为《黄表纸》的著名作家，所作有三十余种，中以《荣华梦》《高慢齐行脚日记》《鹦鹉返文武二道》《无益委记》《悦赑负虾夷押领》等作为杰出。

读本 《读本》作者为泷泽马琴，以劝善惩恶为旨，他的杰作为《八犬传》，共一〇六册，仿我国的《水浒传》而作（马琴曾译述我国施耐庵的《水浒传》）。书中以里见之下的八个勇士为主，即犬山、犬冢、犬坂、犬饲、大川、犬江、犬村、犬田八人，此八人代表孝、智、仁、忠、礼、义、信、悌八德。写他们的离合悲欢为勇敢悲壮的故事，结构之宏大，为日本小说中所不多见者。

洒落本 《洒落本》又名蒟蒻本，以半纸（纸名）截为二，三十页订为一本，而以土器色的中国纸为封面，色如蒟蒻（灰黑色），故有此名。作者为山东京传，写花街柳巷的见闻，为颓废文学之一种。最初之作《客从冰面镜》《息子部屋》。其后有《吉原杨枝》《白川夜船》《通义释语》等作二十余种，后以紊乱风俗被禁，受了五十天手枷的刑罚。京传遂改作《读本》，以教训及复仇为题材，著《忠臣水浒传》《复仇奇谈》《浮牡丹》《稻妻表纸》《本朝醉菩提》等作。

人情本 《人情本》较《洒落本》更进一步，对于花街柳巷的狎邪生活，作有头尾有系统的描写，作者有为永春水，题材亦取自花柳界，写恋爱及性欲，以深川等地为背景，开游荡文学之源。春水的杰作有《梅厝》《辰己园》《篱之梅》《春告鸟》。他的长处在能描写性格，注重写实，劝善惩恶的气味较少，短处则只限于妓寮的琐事，近于单调。

滑稽本 《滑稽本》近于现代的滑稽小说，内容浅薄，亦无深刻的讽刺。此类的作家有式亭三马，他本名菊池泰辅，幼时为某商店的伙计，十八岁时即作了一篇黄表纸，名叫《天道浮世出星操》。

后来时有作品发表,以《浮世风吕》为最有名。其长处在能描写片断的滑稽事情与人世的矛盾,此作出版于公元一八〇三年,写在浴堂里的客人的谈论,叙述当时的日常生活。为三马齐名的为十返舍一九,他本名仲田贞一,他的杰作为《膝栗毛》(即徒步旅行之意),记弥次郎兵卫与喜太八二人旅行各地,闹了许多笑话,为后来的滑稽旅行式的小说之先河。

第三节 戏曲

净琉璃 德川时代的戏曲,首推《净琉璃》,创始者为近松门左卫门(公元一六五三年至一七二四年),一号巢林子,本名松森信盛。《净琉璃》有《古净琉璃》与《新净琉璃》之别。《古净琉璃》源出《平家物语》,在室町时代有一种琵琶法师,是盲人做的职业,他们弹着琵琶,口里说《平家物语》。后来将《平家物语》《太平记谣曲》及其他的说经祭文等的声曲,折中融合,遂产生《古净琉璃》。相传《古净琉璃》的创造者,为织田信长的侍女(一说为丰臣秀吉的侍女)小野阿通,奉了主人之命,把源牛若丸与净琉璃姬的恋爱故事,分述为十二段,名为《净琉璃物语》,谱以节曲,用三味线(三弦)合唱,即所谓《净琉璃节》。但此说不甚可靠,它的起源实远在织田信长以前。最初表演《净琉璃》时,只是一个盲人对矮台坐着,敲着扇子以按拍子,助语势,同说经一样,讲说诸佛的本缘。到了废长时代,有一个盲人名叫泽住,本善琵琶,他把正亲町天皇永禄年间从琉球传来的三味弦，与《净琉璃节》（曲名）相和，口里说书，这就叫做《古净琉璃》。所谓《新净琉璃》，即指义太夫节（竹本义太夫所创的曲名）。当时的《新净琉璃节》虽有十多种，但以《竹本义太夫》的最著名，时人遂以义太夫为《净琉璃》的别名。义太夫设竹本座于大阪，演"人形芝居"（即傀儡剧，那时叫做操剧，与《净琉璃》合演）。近松巢林子于元禄三年加入竹本座，专为义太夫作《净琉璃》，直到死时为止。他的作品，共有百余种，分四类：（一）史剧（时代物），如《国姓爷合战》《曾我滑稽山》等；（二）社会剧（世话物），如《长町女切腹》《女杀油地狱》等；（三）情死剧（心中物），如《曾根崎心中》《心中重井筒》等；（四）史剧与社会剧兼有者（折中物），如《萨摩歌》《倾城返魂香》等。近松一生努力于《净琉璃》的著作，创造力的伟大实可惊异。日人之崇拜近松，有如英人之崇拜莎士比亚。坪内逍遥博士曾列举近松与莎翁相似之点，谓二人的生平与时代、著作等颇相类似。

歌舞伎 歌舞伎亦为此时的特产，它的发达，实受能乐与狂言的促进。歌舞伎的直接的起源，由于出云杵筑神社巫女阿国的歌蹈。阿国于十七世纪初时，来到京都，演念佛踊，颇受当时人的欢迎。念佛踊是一种舞踊，舞时身着黑绢的僧衣，以红绳悬钲于胸，舞时鸣钲，口里念着佛号。后来阿国缘给名古屋地方的浪人山三郎，山三郎将《早歌》（当时流行的一种俚歌）的歌曲教她，于是阿国遂改变舞蹈的式样，佩刀包头，作男子装跳舞，这就叫做《歌舞伎》。其后更进一步，舞者除阿国之外，增加童子妇女作为优伶，山三郎和他的门徒现身舞台。又从"狂言"得到考案，阿国在舞时表演滑稽动作。除叩钲之外，加了专门的乐师，以笛、鼓和《今样》（一种俗歌）而歌，男女相与歌舞，是为歌舞伎发达的第二期。这种舞蹈很合当时人的嗜好，于是传遍日本全国，模仿者渐出，阿国遂到江户。模仿她的团体之一，别有一种女歌舞伎发生，有专于女伶表演的；有妓女们表演的，此时已加入"能乐""狂言"的分子。时有女伶佐渡岛正吉在吉原的倾城町演女歌舞伎；女伶几岛丹后，在江户的中桥出演，将三味弦加入乐器之内，是为歌舞伎发达的第三期。后来官厅以女歌舞伎紊乱风俗，下令禁止。于是美少年的歌舞伎代兴，称为若众歌舞伎，颇得世人的好评。所演的戏都是娼寮妓院的故事，这是当时的风气使然，因为此时人民已较前一代自由，阶级的区别不如从前之严，所以娼妓在社会里有莫大的势力，若众歌舞伎兴盛已久，又被禁止，且令为优人的都须前头部的发剃掉，遂变为野郎歌舞伎，为现代日本旧剧的前身。自野郎歌舞伎盛行后，剧场的构造及伶人的艺术均大进步。当时的名优有阪田藤十郎（公元一六四五年至一七零九年），市川团十郎（一六六零年至一七零四年）。阪田长于社会剧，以扮演奢华风流的当世人见称；市川则以扮演勇猛、奇怪的武人或鬼神幽灵之类出名，现代歌舞伎的伶人，多以二人为法。

第四节　俳谐

俳谐是每首十七音的歌，和歌（短歌）每首三十一音，俳谐更较简约，只有十七音。它的勃兴约在和歌流行后八十年。俳谐的特色，在能表现东方人特有的闲寂的风味。句调虽是简单，但仿佛窗隙里吹来的一阵凉风，使得我们的感情微微地颤抖。又适于抒写我们对于自然界的片段的心情,暗示宇宙的玄妙,较之千言万语更为有力。它的影响已及于法国与我国(法国有一班人仿作俳谐诗,我国昔年曾有小诗的风潮),不懂得东方趣味的人,决不会了解俳谐的佳妙。

俳谐的先驱作家为僧人山崎宗鉴(公元一四一五年至一五五三年),他的俳句,对于人事或自然,都能表出一种高尚的轻笑风味。例如。

戴着斗笠,在雨夜中出来呀,夜半的月!

其次为荒本田守武(公元一四七三年至一五四九年),下面是他的名句。

心想是落花归枝,走去一看,原来是蝴蝶呀!

以上二人都是室町时代的作家。德川时代的作家,先有松永贞德(公元一五七一年至一六五三年),至松尾芭蕉(公元一六四四年至一六九四年)出,俳谐遂大盛。下面一首,是松永贞德的名句。

秋夜的月呀,你是使人昼寝的因呵!

芭蕉一号桃青,本为伊贺武士,为宗良的扈从,颇受知遇。延宝二年(公元一六七四年)削发为僧,移住门人杉山杉风的芭蕉庵,芭蕉翁的名就是由此来的,时年三十一岁。他性好旅行,周游名山大川,不满意于从前的排谐,徒逞滑稽,遂研习孔孟老庄之书,诵杜诗,向佛顶老师学禅,向门人森川许六学画,遂一跃而为俳谐中兴的鼻祖。

所作以"古池"一首最著名,为俳句的典型:

　　幽寂的古池呀,青蛙蓦然跃入,水的音!

下列诸句,也是他的杰作。

　　栖在枯枝上的乌鸦,秋日的黄昏呀!
　　旅中害了病,做梦也在荒野往来的跑。
　　将逝的春日呀!鸟儿啼着,鱼的眼中也含泪。
　　在花的云霞里,钟声是上野的吗,是浅草的呢!
　　我想叩三井寺的门,然而今夜的月呵!
　　即时死去的气色也没有的,蝉的啼声呀!
　　我疲倦了,去觅旅店,眼前的藤花呀!
　　六月呀!白云聚在山峰的岚山。
　　听着秋风吹动芭蕉,和滴进盥里的雨声的夜呀!

芭蕉的门人,有名者六十六人,以榎本其角、服部岚雪、森川许六、向井去来为最有名。

第五节 歌谣

德川时代的歌谣，可别为三类：一、以三弦（三味线）为中心的小呗、长呗、端呗；二、以筝为中心的筝歌；三、以舞蹈或动作为中心的地方俗谣。

小呗 小呗的歌词，为谣曲与俗语的总和，以歌咏恋爱为中心。长呗的取材与词形，略似谣曲，惟词形较短。著名者为《劝进帐》。端呗有二百数十曲，词句短小：以《萨摩节》为最普通。

筝歌 筝歌（或琴呗）约有二百种，歌辞极艳丽，多由古歌补缀而成。地方俗谣的种类甚多，音调有一定的律节，与舞踊动作相和。俗谣中含有诗意的很多。有的纯然是粗野的俗调。

都都逸 《都都逸》亦为此时所产的一种俗谣，作者为都都逸坊扇歌，每首二十六字，声调清艳婉转，是一种恋爱本位的民俗的抒情诗。

第六章　现代文学

第一节　总论

日本明治维新以后,到大正十五年的文学,称曰现代文学。(明治时代为公元一六六八年至一九一二年共四十五年。大正时代为公元一九一二年至一九二六年,共十五年)。这一个时代,是日本文学最进步的时期。许多优秀的作品,都有独创的内容为形式,决不劣于欧美的作家。日本文学在现代世界文学里有了相当的地位,便是这数十年间的努力。

发达之原因　这时文学发达的原因,可分为五:第一,是时势的改革(明治维新);第二,是欧美文化的流入;第三,是民众生活的进步;第四,是中日战争、日俄战争的胜利;第五,是人才的频出。此外还有一个原因,就是承受前代文学的传统的影响。有这几种原因,日本文学的进步几有一日千里之势。

明治、大正的文学，可以说是维新运动所产生的。以前江户末期的颓废文学，已经到了山穷水尽的时候，到了此时，不能不开拓新局面，乃是必然的。勃发于此时的运动，更有明治维新，使得日本的社会改变旧来的形势。此次运动的性质。虽然没有如十九世纪的法兰西革命那样的激烈，可是在日本史上乃是空前的。因有此次运动，遂把镰仓、德川时代以来的封建制度打破了。传统的文化，也有一半以上被破坏了。于是到了动手建造新文化以代旧文化的时代。当时的旧文化，虽未能完全破坏，但是大部分都已重新建立，如政治、经济、教育、学术等，都带着新的色彩，文学的革新自然是不用说的。文学的革新，也就是明治维新所带来的新文化的一部分。

日本明治维新时所建立的新文化，他们的唯一的皋圭，就是欧美文化。日本自战国时代（镰仓、室町时代）起，渐有欧洲文化输入，但很微弱。幕府时代（德川时代）末期，从荷兰语言，得与欧洲文化接触，所得的也微弱不足道。欧美文化如急潮般流入日本的时候，以明治维新后为始，此后更继续不断地输入。所以促进日本现代文学进步的绝大势力，也是欧美的文化。

最初流入日本的，以英、美文化为主，其后法德的文化也传到日本。欧美各国的文学思潮，给日本的文艺界以很强烈的印象。在明治时代初期的文学里，有寝馈英国的坪内逍遥博士；有对于德意志文学造诣很深的森鸥外博士诸人；又有崇拜法兰西思想的中江兆民；倾倒于俄国文学的长谷川二叶亭、内田鲁庵等，因为有这些人物，日本文学遂有迅速的进步。此后自私淑佐拉（Zola）的小杉天外的写实主义；与欧洲大陆文学接近的田山花袋、岛崎藤村的自然主义始，以至目前的文坛的新运动，大抵皆以从欧洲文学得来的新印象为原动力。不单是小说，即如戏曲、新体诗等，也是受了欧洲文学的影响与刺激而始发达的。现代文学的后半期，虽有大半是独创的发展，而前半期却大都在欧美文学的影响之下。

民众生活的进步，也是基因于时势的改革。其最要者为阶级制度的废除。封建制度崩坏，武士阶级便随之而倒。从前重贵族武士的时代，遂一变而以士农工商及一切庶民为社会的中心，"非人""秽多"的废除，便是在此时。福泽谕吉及森有礼一般人，专用力于旧制度的破坏。如森有礼氏的《废刀论》《禁妾论》《男女同权论》等作，实在给保守派以莫大的打击。庶民阶级因压迫渐渐地解除，于是工商业、农业便自由的发展，再加以欧美输入的科学知识，国民经济日渐富裕。人民对于谋生不若从前困苦，乃有余暇来从事文艺的写作。于是新闻纸、杂志纷然产生，那些新闻纸、杂志都需要文艺作品的登载，于是小说、评论文学便兴盛起来。这种结果，若非阶级制度的解放，则永远不能得到，所以民众生活的进步，仍要归功于明治维新运动。

中日战争、日俄战争二役，日本都得了胜利，国民经济遂有余裕，生活向上进展，因而影响及文学的进步。譬如德意志在七年战争以后，便出了勒新（Lessing）、克洛卜斯托克（Klopstock）等文豪；法兰西路易十四强盛之际，便有拉辛（Racine）、摩利尔（Molière）、柯奈耶（Corneille）等作家。日本文学也是如此，因为这两次战争之后，国民所生息的环境起了变化，遂促进国民思想与文学的进步。

现代文学的种类，较之前代复杂，作家的人数也较前代增加了不少。这一个原因是前述几个原因的总和，所谓"时势造英雄"，这样的一个变革时代，当然有了不少的政治家、经济家去做那潮流中的主动人物。仅就文学上说，从福泽谕吉起，以后出了不少的文艺批论家，如坪内逍遥、森鸥外、石桥忍月、北村透谷、高山樗牛、斋藤绿雨、田冈岭云、纲岛梁川、金子筑水、上田敏、大町桂月、大西操山、岛村抱月等都是。其中有科学的文学批评家，如坪内逍遥、森鸥外二人，对于明治文学的功绩甚大。小说家则有尾崎红叶、幸田露伴、樋口一叶、小栗风叶、泉镜花、广津柳浪、小杉天外、川上眉山、柳川春叶、后藤宙外、江见水荫、德富芦花、山田美妙、国木田独步、岛崎藤村、正宗白岛、岩野泡鸣、永井荷风、夏目漱石、德田秋声、田山花袋等。作长诗的作家有土井晚翠、岛崎藤村、薄田泣堇、蒲原有明、北京白秋、三木露风等。作短歌的有落合直文、佐佐木信纲、与谢野晶子、金子薰园、若山牧水、尾山柴舟、洼田空穗、石川啄木、土岐哀果等。作俳句的有正纲子规、内藤鸣雪、高浜虚子、河东碧梧桐、荻泉井泉水。作戏曲的有坪内逍遥、福地樱痴、中村吉藏、秋田雨雀、冈本绮堂等。评论方面有生田长江、片上伸、相马御风、中泽临川、田中王堂诸人。以上都是明治时代的著名作家，其中有许多仍在大正时代努力著作（如田山花袋、德田秋声、岛崎藤村、正宗白鸟等人）。到了大正时代，则新进作家更增加不少，如谷崎润一郎、菊池宽、久米正雄、芥川龙之介、武者小路实笃、有岛武郎、有岛生马、里见淳、加能作次郎、江口焕等。有了这许多人才，所以能使日本的文学发出万丈的光芒，与英法德俄各国的文学，并肩而立。

　　上述各端，为现代文学发达的主要原因。此外如普通教育与中等教育的进步与普及。人民读书力量的增进；文艺智识的普遍，各大学之注重文科；出版界的兴旺，都是促进文学发达的原因。

　　分期　现代文学可以分做五个时期：第一期为混沌时代，自明治元年（公元一六六八年）至十八年（公元一八八五年）；第二期为新文学发生时代，自明治十九年（公元一八八六年）至二十七年

（公元一八九四年），中日战争时；第三期为浪漫主义时代，或写实主义的过渡时代，自明治二十八年（公元一八九五年）至三十七年（公元一九〇四年）。日俄战争时；第四期为自然主义时代，自明治三十八年（公元一九〇五年）至四十四年（公元一九一一年）；第五期为各派分立时代，或新进作家称霸的时代，自大正元年（公元一九一二年）至大正十五年（公元一九二六年）。本章按照上述的五个时期，分叙各期的作家和他们的作品。

第二节　混沌时代

明治初年的维新运动，大家重视物质文明的新建设，对于文学美术，注意者甚少。然这不过是明治最初十年的现象，自十一年以后，文学即渐次翻新。这混沌时代的文学，又可以分为两个时期：（一）黑暗时期，（二）准备时期。

黑暗时期　这时期的文学，系指明治初年至十年而言。因时势变革的关系，社会在大动摇之中思想与生活两方面，继续起了激烈的变化，一般人尚无余力去注意文艺。就历史上看，当时社会里面发生的事变很多，如以征韩论为起因的西南战争（公元一八七七年）；一八七六年的"神风连"之乱；后来的荻之乱、佐贺之乱等是。思想上有新旧分子之争，政治上有保守派与进步派之争，真是纷乱已极。占据政府要津的人，忙于平乱与改革，一般人才志士，也奔走于当前的事业，残留于文学界的，不过只有几个因袭江户文学的作家。代表这前半期的作家，在戏剧方面仅有河竹默阿弥；在小说方面有假名垣鲁文。

河竹默阿弥 他是江户时代残留下来的戏剧作家，著作有三百余篇。在日本被人称为"白浪作家""恶的诗人"。他长于描写罪恶，在罪恶的世界里取出他所要描写的人物。他的杰作有《三人吉三》，这是一折七幕十四场的剧，写三个恶人，个是和尚吉三，一个是无赖汉吉三，一个是女子吉三；《鼠小僧》《铸挂松》《村井长庵》均描写盗贼，《十六夜清心》则写毒妇与恶汉；《白浪五人男》《发结新三》均写男女的作恶。他的著作有四种特色：一、写实的；二、结构紧密；三、台词有音节之美；四、能以音律的美去助剧情。今人永井荷风曾赞美他说，"我相信默阿弥翁是在法国剧坛的斯克里布（Augustin Eugène Scribe）萨都（Victorien Sardou）以上的大剧作家。他并不如现在的许多青年作家一样由所谓学问，小理节，以及偏狭浅薄的理想以入于艺术，乃是出于狂爱艺术之情，而投身于艺术之中，他是在不知不觉之间，领悟艺术之为物的人。"他的有名的著作，现在还在东京、大阪各剧场开演，盛名未衰。

假名垣鲁文 他的作品以滑稽见长，即所谓"戏作"是也。所作有《假名读八犬传》（明治元年作），《万国航海西洋道中膝栗毛》（略称《西洋道中膝栗毛》，明治三年至五年作），《牛店杂谈安愚乐锅》，一名《奴论建》（略称《安愚乐锅》，明治四年作），《河童相传胡瓜扱》（略称《胡瓜扱》，明治五年作）。上列诸作以《西洋道中膝栗毛》（膝栗毛为徒步旅行之意）最受世人欢迎，写东京神田的荡子弥次郎兵卫与北八二人，由横滨乘船赴伦敦去看博览会，在船上闹了许多笑话，即是一部西洋的滑稽旅行，篇中充满滑稽与诸谑。

当时有福泽渝吉介绍英美的功利思想，著《世界国尽》《劝学》。中村正直译斯迈尔的《立志论》。到了明治五六年，有福地樱痴办《江假名垣鲁文。

河竹默阿弥　他是江户时代残留下来的戏剧作家,著作有三百余篇。在日本被人称为"白浪作家""恶的诗人"。他长于描写罪恶,在罪恶的世界里取出他所要描写的人物。他的杰作有《三人吉三》,这是一折七幕十四场的剧,写三个恶人,个是和尚吉三,一个是无赖汉吉三,一个是女子吉三;《鼠小僧》《铸挂松》《村井长庵》均描写盗贼,《十六夜清心》则写毒妇与恶汉;《白浪五人男》《发结新三》均写男女的作恶。他的著作有四种特色:一、写实的;二、结构紧密;三、台词有音节之美;四、能以音律的美去助剧情。今人永井荷风曾赞美他说,"我相信默阿弥翁是在法国剧坛的斯克里布(Augustin Eugène Scribe)萨都(Victorien Sardou)以上的大剧作家。他并不如现在的许多青年作家一样由所谓学问,小理节,以及偏狭浅薄的理想以入于艺术,乃是出于狂爱艺术之情,而投身于艺术之中,他是在不知不觉之间,领悟艺术之为物的人。"他的有名的著作,现在还在东京、大阪各剧场开演,盛名未衰。

假名垣鲁文　他的作品以滑稽见长,即所谓"戏作"是也。所作有《假名读八犬传》(明治元年作),《万国航海西洋道中膝栗毛》(略称《西洋道中膝栗毛》,明治三年至五年作),《牛店杂谈安愚乐锅》,一名《奴论建》(略称《安愚乐锅》,明治四年作),《河童相传胡瓜扱》(略称《胡瓜扱》,明治五年作)。上列诸作以《西洋道中膝栗毛》(膝栗毛为徒步旅行之意)最受世人欢迎,写东京神田的荡子弥次郎兵卫与北八二人,由横滨乘船赴伦敦去看博览会,在船上闹了许多笑话,即是一部西洋的滑稽旅行,篇中充满滑稽与诸谑。

当时有福泽渝吉介绍英美的功利思想,著《世界国尽》《劝学》。中村正直译斯迈尔的《立志论》。到了明治五六年,有福地樱痴办《江湖新闻》，森有礼、福泽谕吉、津田真造诸人办《明六杂志》，这些虽不在纯文学的范围内，但于文学的勃兴很有关系，尤其对于通俗文学的促进。这时的新闻与杂志都很有力。

准备时期 到了明治十年，国内的乱事已平，土豪消灭，平民阶级的势力增加，国家才入了和平时代。文学的事业，在新的阳光之下，怡然有复苏的气象。此时有中江兆民、坂垣退助等新人物输入民权自由的思想，大呼政治改革。他们的精神，都贯注在激烈的政治运动上面。当时的文学，受了这种影响，遂有了应顺时势的倾向，于是政治小说最流行，科学小说（翻译的）也很多。当时的新人物要想达到他们的目的，便着手宣传，宣传要能普遍，最好莫过于小说；他们在各新闻杂志上著了许多通俗的政治小说，以作宣传民权思想的手段。若以文学的眼光来批评这种著作，他们实在是幼稚，虽有小说的形式，不过是一种披露政治思想的低级作品。正如尾崎行雄批评他们的话说，"他们化身为小说家，将锦绣心肠，发露于镜花水月的幻境中，好叫呼声易入般人的耳里，这乃是我国做政治家的救急的方便法门。"他们既乏文学的素养，又无艺术的气禀，只是把小说作为一种工具。这时的政治小说，当数矢野龙溪的《经国美谈》（明治十六年作），是一部稗史，取材于希腊历史，写希腊齐武国的名士巴米洛达斯与北洛比达斯二人合力以图国威的隆盛。这样的人物，是日本当时所最需要的，所以借此鼓吹政治的理想。其次有末广铁肠的《雪中梅》（明治十九年作），以现实的政治为背景，倡自由民权。此外如须藤南翠的《新装佳人》，东海散士的《佳人奇遇》，或借男女的情怀以寄托忧国忧民的思想；或假亡国志士的心胸以叹息祖国的光荣。总之，是帮助政治家的一种利器。

翻译文学 这个时期，翻译文学也很流行，可分为三类：一、政治的；二、纯文学的；三、科学的。政治的翻译著作有中江兆民译法国卢骚的《民约论》，这是一部论文，并非纯粹的文学作品。纯文学的作品，则有井上勤所译的《世界大奇书》，原本即《天方夜谭》。片山平三郎译《鹅璎璠回岛记》，原本即司惠夫持的《格勿利游记》，渡边温译《伊曾保物语》，原本即《伊索寓言》，井上勤译德国哥德的《狐的裁判》，坪内逍遥译英国莎士比亚的《该撒》。此外尚有织田纯一郎译英国栗董（B.Lytton）的《花柳春话》，藤田鸣鹤译栗董的《系思谈》，关直彦译的士累利（Disraeli）的《春莺啭》，服部诚一郎译司各脱的《春江绮谈》（原本即《湖上美人》）。至于科学小说多译自法国，以川岛忠之助译的《八十日间世界一周》出版最早，继而有井上勤的《六万英里海底旅行》，红芍园主人的《铁世界》，福田直彦的《万里绝域北极旅行》，此外尚有《造物者惊惨试验》《亚非利加内地三十五日空中旅行》《月球旅行》等。这些作品，在当时都极受阅者的欢迎。他们译者当时移植外国作品的原因，不外二途：一、因他们对于欧、美文化有相当的理解，对于从前的平凡无味的小说，不感兴趣，所以开始做这种工作。二、他们以鼓吹政治及普及新文学为目的，而当时的阅者也感染了欧化热与政治热，想看新鲜的欧美小说的欲望，较之看旧小说强些，只是鉴赏的程度，还没有什么进步，所以不大注意选择作品的工夫。总观当时的译品，除了坪内逍遥所译的一部《慨世士传》（原作者为栗董），足当流丽婉转四字外，其余的译文粗糙生梗，然在当时的人，得此已足安慰了。

　　以上所举的翻译小说，执笔的人除了二三以外，都是当时的政治家或政论者，甚或可以说非文字家的产物，不过是政论家的余技罢了。他们不用翻译小说为手段，则以翻译小说为消忧解闷的良法，自然不必需要什么文学的才能了。

第三节 新文学发生时代

坪内逍遥 第二期的明治文学,是为黎明时代。明治十八年四月,出了一部杰作,就是坪内逍遥的《小说神髓》。

小说神髓 这部《小说神髓》在日本文学史上占最高的地位,为新文学的晓钟,是一部提倡写实主义的杰作。他打破了从前对于小说的旧观念,而树立新观念。坪内氏在总论与小说的主眼二章里面,痛论从前般人对于小说观念的错误。在《总论》中,他力主小说为一种艺术(当时叫做美术)。他说艺术决不是实用主义、目的主义,它的本身即是独立体;所以小说不是供劝善惩恶用的工具,也不是教育道德的奴隶。在《小说的主眼》一章里,他说明新小说是何物,最主要的话是:"小说之主脑为人情,世态风俗次之。"他所说的情欲是什么呢?不用说就是人间的情欲,人为情欲的动物,无论善人贤者,皆有情欲,不过他们不曾表出而已,却不能说他们的心里没有这东西。所以人间表现于外的行为,与藏于内部的微妙的感情情绪,成为两条现象。如历史传记,只能叙述表现于外的行为,而不能仔细描写深藏于内部的感情与情绪。小说的职务,只在穿透人情的微妙的奥底,要描出所谓贤人君子、老幼男女、善恶正邪的心的内幕无余;使精密周到的人情灼然可见,因此之故,一个小说家又不可不为心理学者。凡创作人物,应该适宜地根据心理学者的原理,倘若一任自己的意匠而悖背人情,或创作与心理学原理相反的人物；则任其角色如何巧妙，或叙事如何奇特，都不能称为好的小说。故所谓小说，必定要深描人心的内面，而使它如现于目前一般，能够这样，才能写得出各时代的人情世态，才能说小说是人生的批评。以上是《小说的主眼》一节内所主张的大概，由此可以看出坪内氏主张下举的几点：一、心理描写说；二、客观的度说；三、排斥主观说；四、非劝善惩恶主义；五、为人生的艺术，等等。他已将近世写实主义的特色，完全包含于他的大著里面了。自此书行世，明治小说才脱离了"戏作"的范围，把日本文学上的旧观念（如以文学为道德、教育的奴隶，以文学为滑稽、诙谐、消闲等），都一起打破了。从此以后，"近代小说"的称号，始受之无愧，当时只知做春水、马琴的旧梦的，到现在都醒了。政治小说、翻译小说的流行也停止了。于是大家都动笔描写实际的人情，力呼留意现实的人生。《小说神髓》一书，救活了濒死的明治文学。现在把原书的主要节目，抄录于下。

上卷

一、小说总论	何谓美术（今日之艺术）
	小说为美术之理由
二、小说之变迁	小说与历史之起源
	小说与演剧的差别
三、小说的主眼	唯人情为小说之主眼
四、小说的种类	描写小说与劝善惩恶小说的区别
	历史小说社会小说等
五、小说的裨益	论小说有四大裨益

下卷

一、小说法则总论　　小说法则之必须

　　　　　　　　　　各种文体之得失

二、小说角色之法则　快活小说与悲哀小说

　　　　　　　　　　角色之十一弊

三、时代物语之角色　正史与时代物语

　　　　　　　　　　时代物语创作之心得

四、主人公之设置　　主人公之性质

　　　　　　　　　　主人公之二假设法

五、叙事法　　　　　叙事之阴阳二法

《小说神髓》行世后，时人都惊目而视。不特在日本是空前的著作，即在世界上，同样性质的书也不过只有一二种出版，可以说逍遥的部大作，并未受他人的暗示，也并无什么西人的书籍足供参考，完全是他的独创。当时的作家对此书非常的注目，纷纷地批评。现译引几个日本作家的批评于下。

　　此书教人写实，倡心理描写，奖励埋没主观的客观态度，将从来小说的一切邪道，一语道破，在这一点，确为逍遥的伟绩。（田山花袋）

　　逍遥既出，著《小说神髓》与《当世书生气质》，痛论劝善惩恶主义之谬误，开写实主义之端，风靡当世，小说界的旗帜为之一变；虽为时势之所必至，然当举世沉睡于旧梦之中，一人之力不能脱离旧套之时，独能与浊世相反，为世木铎，却不能不说逍遥其人的识见非凡了。（高

山樗牛）

　　其所倡的写实之义失于偏狭，不承认小说与传说之并立；过重心理的描写，且不断定可以通用心理描写的小说为哪一种，亦不欲承认理想小说之真价，由现在看来，不无可疑之处；但也是对于旧来的小说的反动，所不得已而有的弊病。（高山樗牛）

　　《小说神髓》不仅关于小说，也是促进文学全体革新的，文坛上有数的著作。（岩城准太郎）

当世书生气质　逍遥既把他对于小说的新见解，披沥于《小说神髓》，更将他的主张具体化，继续发表一部小说，名叫《当世书生气质》。当时日本的社会，常看一般小说家为一种戏作者，颇有轻视之心，受过新教育的人士来执笔作小说，却未尝见。逍遥欲打破这种社会的恶习，便自进为小说家，作《当世书生气质》，（书生即学生的意思，当时的书生，意等于现在的新人物）想对于当时的社会，以一种强烈的激动。原作就现在的眼光看去，虽有多少的不满；但在当时，其作法实已算是新颖。全书的主旨，在于描写与当时的生活相反的新的学生生活，原书于明治十八年五月出第一卷，翌年一月出全，计十七卷。内容以描写某英语学塾里的几个学生的气质为主眼，写出他们受各人的境遇与命运的操纵，而各赴转变的路途，且把他们所有的新思想和当时社会的旧思想之冲突，标明出来。书中插入守山父子的奇遇；青年小町田粲尔与艺伎田之次的"浪漫事"，描写的方法，完全是用客观的写实的方法，排斥劝善惩恶主义，一任读者的判断。这部小说实为明治文坛的晓钟，占极重要的位置。

长谷川二叶亭　《小说神髓》与《当世书生气质》二书出后，受感化最深的,为长谷川二叶亭氏。氏著有《浮云》《面影》《平凡》等作。《浮云》一篇,为将逍遥的小说理论更具体化的杰作。原书第一编于明治二十年六月出版,翌年二月第二编出版,第三编于二十二年发表于杂志《花之都》。内容写静冈的内海文三与其叔父之女阿势的爱。阿势为一新式女子,内海文三则为一拘谨的田舍人物,为阿势所不悦,阿势另爱内海的友人本田,内海失恋忧郁。目的在借男女的爱,写出新旧思想的冲突。作者于表现他所目睹的明治时代的内面,以及描写人物的性情心理诸点,算是成功的。当《浮云》产生时的日本,尤其是东京,因为被了文明开化的名,溺于皮相的青年男女,固然不少,反之,纯然以保守思想终的半老年的男女也很多。二叶亭要表现这点,他用阿势代表新时代,她的母亲阿政代表旧时代,而使家庭中起一点小风波,换句话说,这就是日本文明内面的缩图。自此作出世,遂与逍遥的二大名著,鼎足而三,为当时小说界的曙光。

德富苏峰与民友社　这时有德富苏峰一班人出来,组织了民友社,借《国民新闻》为机关,称雄于评论界。民友社的中心人物即德富。他们在明治二十年二月刊行杂志《国民之友》第一号,使用的文字独创一格,能将从汉文得来的丰富的文字,巧妙应用,而以西文体为骨,成为一种欧化的文字。至于他们的思想,也有一个共同的色彩,就是以基督教的博爱、平等为主,使许多青年受了强烈的影响。这一派有山路爱山、竹越三义、德富芦花、宫崎湖处子、冢越停春、人见一太郎、矢崎嵯峨、角田浩浩歌客、松原二十三阶堂诸人,国木田独步也于二十七年加入。此外尚有森鸥外、山田美妙、长谷川二叶亭、内田鲁庵、依田学海、石桥忍月、中西梅花等人。他们所办的《国民之友》,内容与现在的《中央公论》《改造》《太阳》《解放》等志是一样,对于政治、文学、宗教、社会各方面加以新评论,并设文学栏,春夏二季增刊文学附录,给当时的文人不少的便宜,使新进者在文坛上得名。文学附录中所登的作品,如森鸥外的《舞姬》、坪内逍遥的《妻房》、幸田露伴的《一口剑》、樋口一叶的《别路》、北村透谷的《宿魂镜》、泉镜花的《琵琶传》等,均有名于世,足以点缀明治初期的文坛。其中也载翻译,有森田思轩译的《耶培儿侦探》、二叶亭四迷译的《邂逅》等。自有《国民之友》出世,杂志遂如雨后春笋,陆续刊行。二十二年十月,有森鸥外主干的《栅草纸》出;二十四年十月,有坪内逍遥主干的《早稻田文学》出。此外如《都之花》《新著百种》《我乐多文库》,均促进后来文学的进步。森鸥外与坪内逍遥二人的文艺批评,在当时极有势力,态度极严正,对于后来的文学,有莫大的功绩。

尾崎红叶与砚友社 尾崎红叶以《我乐多文库》为机关,组织砚友社,这一派对于明治文学的贡献,也是很显著的。砚友社之成立,在明治十八年三月,最初只有尾崎、山田美妙、石桥思案等人,后来有川上眉山、江见水荫、岩谷小波诸氏加入。二十一年五月,遂刊行机关杂志《我乐多文库》,更有大桥乙羽、中村花瘦、广津柳浪加入。山田美妙后以意见不同,便退出了。

砚友社之成立,也是因为受了《小说神髓》《书生气质》的刺激,感觉新时代需要新小说,所以不能不出来活动。他们的立足点,是以江户趣味为中心(以江户文学的传统为中心),而加入西欧文学的风趣。和那由俄国文学出身的二叶亭;由英国文学出身的坪内逍遥,以及欧化倾向极盛的民友社一派,色彩自然不同。尾崎红叶自己即是砚友社的中心人物,他的最初的名作是《二人比丘尼色忏悔》(略称《色忏悔》)。尝揭载于《都之花》第一号,他的作风虽受英国文学的影响;但亦承一九、三马、西鹤诸氏绪余。《色忏悔》的体裁很新颖,自成一家。书中未提时代,未定场所,在一林木凋零,寒风凛冽的郊野,有一尼庵,庵中有美貌的尼姑二人,一为庵主,一为新来者,同坐闲话,主人语其夫战死的旧事,客尼亦悼其恋人殁于沙场,语次知死者皆二人所共相思的人,互相惊异时,夜幕揭去,东方已白。原书情节,大略如此。书中人物在许多小说中,乃因袭的,非特创的。结构也不脱俗套;惟红叶的文字,能将西鹤派与欧文派巧妙配合,文句简洁,余韵余情,留于阅者脑中,是其特色。田山花袋批评他说,"其文非言文一致,非普通的雅俗折衷调,也非翻译调,完全是一种独创的文章。在目前,作家已全脱离和汉文的领域,而成优美整洁的体裁,是不用说的,然在《色忏悔》的当时,作家对于文章能如此苦心,是很伟大的。"红叶因不满足言文一致之容易流于冗漫;也不取翻译调之晦涩,所以他取法西鹤的写实,含蓄的文体,稍加欧文的风味,以创新体。《色忏悔》出世后,红叶又在二十二年五月出版的《新著百种》第三篇附录里,发表《风雅娘》。此后新著陆续公世,二十四年一月出《新色忏悔》,八月出《二女房》,十月出《伽罗枕》,此外还有《金色夜叉》《心之暗》《三人妻》《多情多恨》等作,文字较前艳丽。后人评红叶的作品,谓娴研互见,其缺点常为一己的趣味所囿,取材只限于恋爱与色欲世界,不及其他。换言之,就是只能彷徨于小主观之内,无高远的理想,无深刻的人生观、社会观。描写也不能成为彻底纯粹的写实主义,态度不脱"戏作"者之风,这一点不能不使人稍感不满。至于红叶天禀的艺术的身乎能力,以及终生努力于文学,产生艳丽的著作等,实令世人敬佩。若红叶能致力哲学、思想的修养,他的著作的内容,当更深刻些。

砚友社同人 砚友社以红叶为中心,已见前述。同人的作品,也很丰富,有广津柳浪的《残菊》、岩谷小波的《妹春贝》、山上眉山的《二表》、大桥乙羽的《露小袖》、石桥思岸的《女心》、山田美妙的《夏日的树林》等，皆为大众承认的佳作。其中石桥思岸因为脑病，不久便停止作家生活。岩谷小波最初即有童话作家的倾向，对于描写少年少女的姿态，具有特殊才能；但于小说，因为他的性质过于淡泊洒脱，所以作品的内容不深刻，表现也不锐利，后来岩谷氏只专心于童话的著作了。川上眉山善作洒脱，所以作品的内容不深刻，表现也不锐利，后来岩谷氏只专心于童话的著作了。川上眉山善作洒脱轻快美丽的文章，在小说上，他不曾发挥什么特色。除诸人外，当时还有江见水荫、中村花瘦、凡冈九华、冈田虚心亭等人，但他们对于文坛上没有深的影响。

理想派作家幸田露伴 与尾崎红叶同时投身文坛，声名不在红叶下的，为幸田露伴。露伴自成一家，不似红叶有砚友社为背景。他的文学生涯，以明治二十二年二月在《都之花》发表《露团团》为始，他的出名的著作，为同年九月发表于《新著百种》第五期的《风流佛》。《露团团》以兴味为主，未尽露伴之长，《风流佛》写珠运与卖花女阿底的恋爱。女为子爵落胤，其后恋爱破裂，珠运不忘她的美貌，因刻女像为风流佛。此外有《一口剑》、《缘外缘》（又名《对髑髅》）、《五重塔》、《血红星》等篇，《五重塔》为成熟之作，于明治二十五年，连载于《国民新闻》，后刊单行本。原作写十兵卫的艺术的性格，极为显活，惟多空想与夸张，为砚友社一派所病。

评论界的双杰 当时的作家，既有红叶与露伴对峙，评论家也有坪内逍遥与森鸥外二人并立。逍遥投身文艺界，较鸥外早。鸥外从德国回来，于明治二十二年，在《国民之友》附录里发表译诗《面影》，同年十月，刊行文学杂志《栅草纸》，对于评论文字、翻译、创作等，均有很大的贡献，他们二人曾经对于"没却理想"的问题，争辩很久。

砚友社的中落　砚友社一派既以写实为标榜，当时的作品不免千篇一律。所谓写实，也只是皮相的，一时陷于麻痹状态，无论阅者作者都倦怠了。坪内逍遥曾在《早稻田文学》上论当时小说不振的原因，金子筑水也在《明治二十六年文学界之风潮》一文里论及当时的弊病。二人的结论都说当时思想的调子，与创作的调子不相合。那时的社会对于当时的创作颇不满足。他们不能不要求比小家庭、色情等的写实更新鲜、更高远的作品，而希望有恋爱以外的描写。实际那时的写实也是似是而非的，有自身破灭的可能性。红叶一般人，他们的观念虽较以前的作家近于自然，也未尝把"劝善惩恶"寓于作品之中；可是他们所写的世相，只不过是他们的贫弱而偏颇的阅历之反映，不能系住有教育经验的人，也不能保持永久而不衰。当时的社会，因此对于他们的无味、放荡、浮艳、淫靡之作，自不能不发生厌倦心了。

传奇侦探历史小说之流行　这时的作家既然缺乏阅历，偏于小主观，流于皮相的写实；取材又单调，于是读书界遂起而要求新奇的作品，当时传奇小说之中作家有名的是村上浪六的《三日月》《女之助》，矢野龙溪的《浮城物语》，须藤南翠的《胧月夜》《荒海浜》，宫崎三昧的《桂姬》，末广铁肠的《南洋之波澜》等。其中最得好评的，当推《三日月》，内容以侠客三日月次朗吉为主人，以浮华之笔，描写人物。原作纯以兴味为主，所有场面，富于波澜变化，当时读书界得此，为之喝彩。浪六乘兴更作《井筒女之助》《奴小万》《髯之自体》《深见笠》等篇，自然也受时人的欢迎。就现在的眼光看来，这些作品的价值，也就微弱得很，当然缺乏真能和写实主义对抗的传奇派的艺术趣味；不过是炫奇好幻，以媚俗众的嗜好罢了。但在当时，却恼了坪内逍遥、森鸥外、内田鲁庵诸人，要想扑灭这些作品，作了许多文字,明讥暗讽。逍遥曾替他们定了几条"小说学校拨鬓教则",以讥诮他们的搔首弄姿,矫奇风流。过了不久,这种拨鬓小说便衰颓了。接着兴旺起来的就是侦探小说。侦探小说的代兴,在于当时的评论界有奖励鼓吹侦探小说的倾向。虽然他们不十分看重侦探小说的艺术价值;但以为在通俗的低级小说中,侦探小说与冒险小说,算是稍好的了。当时西洋的侦探小说,输入了不少。介绍最力者,首推黑岩泪香(周六),他译述了许多外国侦探小说,文章平明而朴实,如《铁假面》《死美人》《大金块》《人耶鬼耶》等,都有引诱一般人的魔力。他又译述法国嚣俄、仲马父子的作品,尤其译得好的是《哀史》,他的译文的势力,普及一般民众,直到如今,为"民众文学"的渊源。当侦探小说正盛时,岛村抱月在《早稻田文学》上发表了《论侦探小说》一文,掊击此种小说。大意说:试翻阅几种侦探小说,检其结构,就其类似之点而抽象,先留于我们的心中者。即连篇累牍,都是把快乐性的根底,放在智力上。换句话说,就是以索究的快乐为兴味的根本。侦探小说的主要命脉,在申诉于智力的快乐。而成就之法,于发端时先揭种种疑问,以引起读者的好奇心,于是逐次解疑,如数学家解释问题一般,不到结局的答案不止。至于达到疑团冰释的径路,不惜用尽方法,并无何等意味,不过引起快乐的结局而已。譬如杀富家的寡妇而案情隐蔽,阅者先要知道的就是犯罪者为何人。于是有无血无情的侦探,有法官卖友人卖良心,弄尽诈谋术数,求捕罪人,以求满足阅者智力的心。又阅者读侦探小说而感快乐时,并不在读着的事件的全局;或快乐在某部分,乃是一步一步,越到最后,越是满足。……其实侦探小说无全部浏览的必要,阅者先读全半,再跳阅收尾的部分,则阅前部分时,所感受的兴味,必全消失。纵令经过的事件,有若干妙味;然除了秘密的解释而外,侦探小说的本来面目,殆难保存云云。由抱月之说,当时的侦探小说在文学上的地位,是不难估价的了。

那时的读书界既饱饮传奇小说的风味,侦探小说也被排挤,遂有历史小说起而代之。历史小说的萌芽,在明治二十三年左右,乃是一种反对欧化主义的显扬国粹运动。金子筑水谓:"历史小说为回顾过去之我,知现在之我而作。"又谓:"历史小说乃因景慕已往的好古心,普通的爱国精神单纯学者的气质;欧化主义的反动;又因憎恶肤浅卑劣的小说,与空漠的好奇心,及其他别种原因,以致流行一时。"此种历史小说的先驱,当数民友社、博文馆的历史的出版物,与田口鼎轩于二十四年五月刊行的《史海》,颇能吸收一般厌倦传奇侦探小说的阅者。又如德富苏峰的《吉田松荫》,竹越三义的《新日本史》《二千五百年史》,德富芦花的《格兰斯顿》,民友社的《十二文豪》等,都是出名的著作。博文馆出版的《世界英杰传》《日本百杰传》,虽乏文学的价值,也为读者所欢迎。森田思轩的《赖山阳》、内田鲁庵的《约翰孙》、北村透谷的《爱玛孙》、德富芦花的《托尔斯泰》、宫崎湖处子的《高士华绥》、山路爱山的《新井白石》等,均富有文学的价值。高山樗牛在当时也善作历史小说,能以优雅的文体,咏叹悲恋。他的《泷口入道》一作,于二十六年发表于《读卖新闻》,为坪内逍遥、尾崎红叶、幸田露伴所选拔。原作以平家的衰亡为背景,描写泷口时赖与横笛的悲恋,不啻是一篇抒情小说。

翻译文学 日本现代文学的发达,实有赖于西洋小说的介绍。对于翻译文学的贡献很大的,在早有长谷川二叶亭。他翻译,俄国屠格涅夫(Turgenieff)的《猎人日记》,摘译其中的二章,更名《相会》与《邂逅》,前者发表于明治二十一年七月的《国民之友》,后者发表于同年十月的《都之花》。此二篇据缩印二叶亭全集的编者说，三十年前，屠格涅夫的名声，还不曾为英、德所知的时候，二叶亭把他的作品介绍到极东的幼稚的读书界里，有如向山野鄙人弹琴之感。又田山花袋见了他的《相会》也发出了感想，说："更使我惊异的，乃是在一二号前，发表的二叶亭翻译的《相会》。养育在粗大的经书、汉文、国文里的，我的头脑与我的修养，因为用这样细密而可惊异的叙述方法做成的文章，很受了感动，心里疑惑这是文章么？"当时受他的翻译文学的影响的人很多，国木田独步也是其中的一个，他们觉得那些作品里的叙述法，为日本文学所不可缺的。二叶亭的翻译，和他的处女作《浮云》一样，是以真诚而热心的态度写成的。他在《我的翻译的标准》里说："翻译外国文时，若只偏重思考意味，便有损毁原文之虞，应该先渗透原文的音调，然后移植。我相信一个点号，一个逗点都是不可滥弃的。若原文有三个逗点，一个点号，译文也应该照着三个逗点一个点号般的移植原文的调子。"他又主张译者应该理会原作者的诗意。他论吉可夫司基用俄语译英国摆伦诗的方法说："吉可夫司基虽是俄国的诗人，然以翻译家成名，译成摆伦的作品很多，都极巧妙，而当时的俄国社会状态，正是小摆伦盛产的时候。铁中铮铮的吉可夫斯基，不期能与摆伦的诗意相合，遂告成功，也未可知。总之他的译文，是美丽的俄文。但是将译文与摆伦的原诗比较，则句法大异。原诗仄起的，他译为平起；平起的他译为仄起，原文有韵的，他译为无韵，又添加了原文所无的形容词与副词；或任意消灭，即是把原文分裂，成为自己意匠的诗形，不过仅把意味译出罢了。"二叶亭译屠格涅夫的作品时也曾说："屠格涅夫的诗意不是秋冬之景，乃是春景。说是春景，既不是春初，也不是仲春，乃是晚春。恰好是樱花烂漫，花瓣渐散的时候，他的趣味，正如美丽的春月照着的晚上，在两旁植有樱花的细道上散步一般。简单说一句,艳丽之中,有岑寂的地方,这便是屠格涅夫的诗意。他的小说里,全部都贯穿着这种情趣,乃是当然的结果。翻译的时候,要不失他的情趣,译者自身当作他本人似的写出,否则文调往往失其真意。此时却又不可拘泥于逗点、点号或其他的形式,应将根本的诗意咽下,然后再不割裂诗形的翻译出来。实际上我译屠格涅夫的时候,力求不忘他的诗意,心里打算使自己真和他的诗意同化,但没有好好的成功。"我们读他的这些苦心之谈,便觉得他的翻译由最初到成功,在艺术上的光芒不是偶然的了。当时的文艺界开始议论翻译方法,是在二叶亭的两篇译稿出世之后,虽然从前有过不少的议论,但多幼稚。二叶亭对于翻译工夫的精细与见解的卓越,实超过前人。不用说他是精通俄文,又是通中国文学、英国文学的;并且又有小说家的丰富的才能,所以在翻译方面,不能不说他有恰当的资格了。重言之,他的特长,就是在于用创作的风格,用在翻译上面,而又处处不失原文的美点。例如他译《相会》里的叙景文,译得很新鲜精致,曾为国木田独步所爱读,引用于他的《武藏野》之中,使独步得很深的印象,这也可算他的翻译成功的证据了。

与二叶亭同时的翻译家有森田思轩,他的本领不及二叶亭,但以批评见长。他的译文有汉文调的风味,虽一字不苟地苦心译出,结果仍是不好,即以对于思轩深表同情的德富苏峰也说:"思轩的翻译过于执念,反着痕迹。"不过思轩的翻译文学,也为文艺界一部分人所推重;他的译品,有嚣俄的《死刑前六时间》《犹倍儿侦探》《盲使者》《十五小豪杰》等作。

在二叶亭与思轩之后,在翻译文学上别开生面的,为森鸥外、坪内逍遥、内田鲁庵诸人。森鸥外精德国文学及语言,也长于移译欧美文学。他的译笔纯为日本语调,与森田思轩的汉文语调不同。

二十五年七月出版的《水沫集》，是他的十六篇的译文。其中有名的是许宾"俄希卜"的《埋木》，克纳司特的《地震》《恶因缘》等。《埋木》的原书叙薄幸的天才音乐家喀撒失恋，用抒情的文调，写出他的艺术破灭的末路。鸥外的译文很巧妙地把原文的情趣，表现于日文调之上，典雅而清丽；但有一点小疵，就是带有贵族的气味与缺乏热情。他的译书中最好的是安徒生的《即兴诗人》，此书的情节，已为世人熟知，是描写堪见尼亚的即兴诗人与歌伎的强烈的恋爱的。原文经鸥外一字不苟地译出，很富于诗的兴味，除此以外，德奥的作品，由他翻译为日文的也不少。坪内逍遥是日本翻译莎士比亚的名手，他立了翻译莎翁全集的计划，目前已全部译成。他自己对于戏曲极有研究（有创作戏曲多种）。他的半生精力，多费于早稻田大学文科的计划上面，现在东京的文艺界，早稻田派的人才最杰出，可以说是坪内氏培育的功绩。他译书的方法是，"勿失语，勿失语"；他不取生硬的直译，而主张造成艺术的翻译的倾向。内田鲁庵译有俄国陀思妥也夫斯基的《罪与罚》，颇显出他的卓越的本领，他译此书，自二十五年末起译至次年的夏天，成第一第二两卷，当时不曾出版，因为那时的读书界，还没有领略如《罪与罚》这类书籍的理解力与欣赏力。即以二叶亭所译的屠格涅夫的作品论，也不过只为一部分的文学青年所了解，至于《罪与罚》出版后销路之坏倒是当然的了。坪内逍遥在《早稻田文学》上极口称赞他的译本，说他的译文是《浮云》一样的言文一致体，刚柔自在。写出男女、老少、都鄙、上下的口吻，如耳朵亲闻的一般。他译到第二卷，愈显出他的手腕的熟练。逍遥说"仅就译文论，已是明治唯一的杰作了。"他的译文，很能巧妙地应用东京的俗语。与原文融成一片，使读者几忘其为译文。

　　日本此时的翻译家，便是上述的四大重镇。后来又有升曙梦、片上伸介绍俄国文学；生田长江、户川秋骨等介绍英美文学。到了目前，各国有世界价值的作品，无论全集或短篇长篇，几于全有译本而且一种名著也不止一种译本。后来新兴文学的发达，此时的翻译介绍的努力，实为主要原因，追溯功绩，自不能不推到这几位了。

新体歌诗 在翻译文学兴起之前，新体诗歌已经发芽。明治十五年四月，有井上巽轩、矢田部上今等，要求发表新思想的新诗形，曾出有《新体诗钞》一卷，巽轩论曰："向来占领诗坛的汉诗与和歌，不足以抒发吾人的情志，既是'汉诗'，便是支那的诗，并非当作本邦的文学发达起来的。和歌虽为本邦文学，足以宝贵；然而已是过去的文学。栖息于新日本的文学潮流里的国民，欲借此发挥情志，则应该用现时的国语所作的欧化的诗形；应该选择用平常的语言作成的诗形。"巽轩的痛感新体诗歌的必要，乃是他和欧美文学接触，而受了启发感化的结果。所谓新体诗的意义，据矢部上今之说，是"模仿西洋风而作出的一种新体的诗。"《新体诗钞》便是在这种意气与抱负之下出世的，至于《诗钞》的内容，由现在的眼光看起来，颇缺乏艺术的芳香。巽轩自己所作的和翻译的，都是幼稚的作品。不过他对于新体诗的提倡，其功劳仍不可没。

新体诗歌的反响在当时不甚烈，到了明治二十年顷才渐渐地发酵。此时有尾崎红叶、山田美妙等出《新体诗选》，与从前巽轩等所出的《新体诗钞》相呼应。《国民之友》、《新声社》（约名为 S、S、S）的同人森鸥外、落合直文，以及对于基督教文学有研究的汤浅半月都发表新体诗，接着矢崎嵯峨之屋、中西梅花、宫崎湖处于等人也有新诗的投稿。当时的少壮文人，对于新诗的移译也很努力，如摆伦、海勒、徐尼、歌德等名家的译诗，都是常见的了。

新体诗的创作，当数落合直文的《孝女白菊之歌》。中西梅花的

《新体梅花诗集》也颇有名。德富苏峰评他的诗道："君负奇骨，飘荡清逸，如天马行空，不可以寻常规矩律也。"中西是一个狂热的诗人，诗集出版不久，便发狂死了。此外如北村透谷、岛崎藤村、马场孤蝶、户川残花诸人，在新诗界都放异彩，开拓新体诗的领域。其中尤以北村透谷的诗剧《蓬莱曲》为脍炙人口之作。他用厌世的哀调作成此诗，共有三出八场，反映出他的天才的光焰。自北村死后，颇少个性优越的诗人。惟岛崎藤村锐意修养，到了中日战争后，他成了新诗界的第一流人物。落合直文是短歌革新运动的健将，他虽然不懂外国文，因他与森鸥外等结新声社，自然有了接触新文艺思潮的机会，他的作品很多，有《荻之家遗稿》《荻之家集》等遗著。后来佐佐木信纲刊行《日本歌学全书》，以及大町桂月、武岛羽衣、盐井两江诸人所作的诗歌，都是受了他的感化。

第四节　浪漫主义时代

中日战争与日本文学　中日战争发生于明治二十七年七月，这一次的战争，我们中国人固然是在醉生梦死的时代，看为"番邦造反"，不足轻重，而在日本的国民，则视为决定国运的关键。结果中国吃了败仗，日本人则直步青云，于是他们的自尊心更增加，在国际上的地位更形稳固。"征清胜利"的呼声，到处都是。高须梅溪氏在《明治大正五十三年史论》里，说明这次胜利的要素：一是日本国民性的优越；二是文化的优越；三是政府当局人物的优秀；四是海陆军人物的优秀。于是乎"征清胜利"。高须氏的话虽然有点笼统，但还不曾把所谓"王朝威仪""赖我主洪福"都归到胜利的原因上去。我们中国人只消一读德富芦花的《不如归》的末几章，描写海战的几行，也就不难想象日本之何以会打胜仗了。这一次战争以后，日本文学便进了第三个时期。我们知道一国的文学，在国运兴隆的时代，自然要起剧烈的变化。因为战后日本得了大宗赔款，拿去用在国家的建设事业上面，国民生计较有余裕，所以影响到文学。

文艺杂志的勃兴 战后的日本出版界，与战前不同，文学杂志像春笋一样的崛起，战争的翌年，有《帝国文学》《太阳》《文艺俱乐部》《文库》等陆续行世。二十九年，有《觉醒》（原名《惊目草》，乃《栅草纸》的改名）出，有《新小说》《世界之日本》等出。此外则《新著月刊》《青年友》《日本主义》《杜鹃》《江湖文学》《新声》《中央公论》《小天地》《关西文学》等相继刊行。这些定期刊物的流行，很足以促进新文艺，因为他们需要许多作品登载，借此以抉掖后进的作家。一面又需要应时的文字，以供点缀。如《太阳》的创刊号，登有坪内逍遥的《战争与文学》，论及"什么是战争？""战争之影响"等，都是应时而生的。

第三时期的创作与评论文字，可以称为浪漫主义时代。此时的小说、戏曲、新体诗、短歌、文艺评论等，都带着浓厚的浪漫主义的色彩，也是写实主义的过渡时代。大家在这个转变的时期，发挥他们的诗的空想，以遨游于超现实的世界。睁着憬慕于美的双眼而高歌。这期的文学，可用小说为主分做前后两个时期：（一）浪漫主义的全盛期（自二十八年至三十三年）；（二）写实主义的过渡期（自三十四年至三十八年）。

浪漫主义的全盛期 从前砚友社全盛时代，文艺界结成党羽，成了"文阀",他们的势力很大,若不当"文阀"的门徒,是不会出头的,正如政界有"萨阀""长阀"一样,若无人打破这些门阀,青年人士便不能在政治上露头角,所以在政治方面则有大隈重信、板垣退助、犬养毅、尾崎行雄诸人,去努力攻打政界的门阀。至于文艺界的门阀,则有赤门派的冈田岭云及《国民之友》一派的批评家去打头阵。他们痛恨砚友社之盘踞,先向砚友社的中心人物尾崎红叶发炮。《文库》《新声》等志极力向他挑战,《文库》有千叶龟雄,《新声》有佐藤义亮、高须梅溪等人,遂替无名的文士们杀了一条血路,出了许多人才,于是前半期的文艺界,分成了几系。

（一）砚友社系：泉镜花、小栗风叶、北田薄冰。

（二）早稻田系：岛村抱月、后藤宙外、水谷不倒。

（三）独立系：田山花袋、樋口一叶、小杉天外。

（四）民友社系：德富芦花。

（五）露伴系：田村鱼松。

泉镜花 他是一个浪漫派的诗人,也是一个在神秘思想里开拓新境的北国诗人。是使北国的光明与黑暗体现于一身的作家。他起首做观念小说,二十八年发表于《文艺俱乐部》的《外科室》与《夜巡查》二篇,是他的出世作。《外科室》描写医生夫人与医生的悲痛的恋爱,《夜巡查》写一警察对于他自己的职务责任的悔悟而搭救他的情敌。他的文体不是向来的流丽潇洒一派,而是生硬的翻译调式,借此以炫新奇。他所描写的内容,多为悲痛的,异常的恋爱,这一点和向来的作风两样,在当时颇得批评家之赞许。镜花因为这两篇作品,遂被认为新进作家中之有力者。后又续出《钟声夜半录》,二十九年出《海城发电》,渐渐转移到《琵琶传》《银杏化》一类奇怪神秘的作品,显然由观念小说移至神怪的空想小说了后又有《照叶狂言》《风流蝶花影》《化鸟》《清心庵》《龙潭》等作出世，描写神怪，或以怪蝶象征妓女的死；或写被恶魔诱惑的幼童的梦幻；又写诅咒现世的少年、相思美男的妓女、妓女的末路等。此外更有《枭物语》《笈草纸》《辰巳巷谈》《汤岛诣》等作公世。前述的《照叶狂言》写他幼时在北国都市的小剧场里，所看见的歌舞剧女伶的回忆，用当时流行的美文叙述，是一篇富于诗味的作品。《汤岛诣》以深川、川崎等妓寮为背景，写一美妓与美少年的恋爱，篇中写美少年月夜访妓于深川的陋巷的景色，极为纤细。《辰巳巷谈》所为悲痛之感。高山樗牛评《汤岛诣》，认为明治三十二年的佳作。

川上眉山　与泉镜花同作观念小说，惹起时人注目的，为川上眉山，他是砚友社中对于艺术始终执着研究态度的人。他生于明治二年，于四十一年六月自杀。《里表》《书记官》，是他的名作。《里表》发表于二十八年《国民之友》的夏季增刊，得批评家的赞赏。《里表》一篇，写他的社会观，叙一个名叫波多野十郎的人，由道德家变为盗贼。意在描写被世人煽动，做了慈善事业，倾家破产的道德家受了世人的冷遇，怨恨社会的无情与残酷，遂弃而为盗贼。此作里的描写方法，是有缺点的，如忽略心理描写；以一种议论的对话体为主位等是，不能算是成功的作品。但是在那个时候，把社会观寄托在小说里的，还没有见过，所以也惹起文艺界的注意。《书记官》曾发表于《太阳》杂志，描写为父牺牲，节操被污的少女的苦运。此作也是描写社会的黑暗的，在表现法上，较前作为优。嗣后他又在《胧富士》里写的悲恋所苦的女子，在《弦声》里写出与夜半弦声共鸣的幽微的心境；在《松风》里写热情的诗人。他在《读卖新闻》上发表的《暗潮》，虽为一般人所期待，终不曾完稿，后来改题为《网代本》，有单行本行世。

广津柳浪　他的作品，有深刻小说或悲惨小说的名称。他描写情死（心中）的作品最多，如《今户心中》《中川心中》《女夫心中》等都是的，此类可称之为深刻小说（均发表于二十九年至三十三年前半季）。如《变目传》《龟君》《黑蜥蜴》《蓄生腹》《青大将》等，则被称为悲惨小说；他在当时能够享盛名的原因，全靠带有伤感的色彩的悲惨小说。他的作品的长处有四：一、描写人生黑暗面的居多；二、富于戏剧的色调；三、比较能尽力于心理描写；四、实现味较别的作家多些。田山花袋论他的缺点说，"他只能以实感动低级的读者，不能够深味人生。"《今户心中》与《河内屋》二作是他的代表作：但由今人的眼光看去，不过仅是人情小说、同情小说罢了。他的作品之中，有好几种的情调，无非是杀人、自杀、痛苦等类的奇怪事件，借此以惊异阅者，实具有侦探小说的倾向。所写社会的黑暗，也无何等的意义。只有《今户心中》一作，很能忠实地描写吉原公娼的生活，描写心理的地方也还细致。《蓄生腹》为高山樗牛所推赏，谓可以和尾崎红叶的《金色夜叉》相抗。在三十二年，又作《骨盗》《目黑小町》《缝系二孀》《紫被布》等，作风渐次显明，作法也老练，俨然驾凌红叶了。

樋口一叶（夏子）　她是明治时代最著名的作家，是一个真诚地思考人生与艺术的作家。她在文学上的努力，不幸只有四五年，二十五岁便死了。所作虽只有二十多篇，读之有一种打击阅者胸际的力量。在她的优秀的作品里，显然是人生姿态的再现，悲哀之味，脉脉不尽。一叶成功的原因，据说有下列各种：一、她比较普通的女子，能够了解世间一部的事情；二、她的艺术的良心锐利；三、能够描写自己所亲的环境；四、在表现上能努力走向自己的世界；五、能体味西鹤作品的真髓，而不为虚构的，游戏的结构。有此数因，所以她的作品能受人的欢迎。她没有哲学的修养,也缺乏科学的智识,她的人生观与社会观,不是从书桌上的科学哲学得来的,是由她的阅历经验得来的。因此她偏向方面,以为人生是不如意的,被苦的运命诅咒,于此只有悲痛、哀泣、愁苦,而没有欢喜与悦乐。生活于这样人生里的女子,是不幸的。不合理的社会,与黑暗的人生虐待女子,使他们烦恼痛苦。人生是悲哀之谷,社会如冷石一般。这就是她的人生观与社会观,她虽然带了这样的哀世的色彩,但是她以被虐的女性的资格,执着激烈的反抗态度。

她爱读《源氏物语》与井原西鹤的小说,受了他们的感化,但却不是如尾崎红叶般的,受了皮相的感化,乃是内部的受感化。她又爱读幸田露伴的小说,也受了几分影响,但总不如受西鹤的感化之深。她的态度,一点也不是"戏作者"的,是真切的严肃的。她所采取的题材得之于自己亲历的环境,是从自己实际经验的,由自己能解的世界之中取材。简单说一句,一叶的现实倾向多,空想的倾向少。她无论何时都面向着活的现实,由现实中取材。以空想为主而制造小说的手法,她不大用的。因此她在二十八年顷所作的,都是如实的再现人生的一面,并无破绽与缺陷,可算是成功的。她在这时代的描写有一种新鲜的风味,所用的文体与形式,是由她自身的个性而生出的。换言之,就形式上说,已经完全脱离了西鹤与露伴,作成独自的世界了。她在二十五六年的作品,是发泄自己的厌世的苦闷与反抗的心情由空想与实验作成,如《暗樱》《玉祥》《埋木》《五月雨》等是。到了二十七年后半期,才离了空想的世界,表现出直面人生的态度;对于人生的悲痛的环境、因果、运命及复杂的事项,才显然地观察出来,同时她的作品便大进步。读她的后期作品,无论谁人,所先感触的,便是巧妙的女性描写。《浊江》一篇，描写酒店女儿阿力的内部的苦闷。《十三夜》里，写那家庭为束缚与抑压所充满，虽然绝望，然而还能强耐的阿关。《从我起》里叙那有遗传的执拗性因而误身的可怜的阿町。《别路》里面，写一弱女子，度颠连的生活；到头陷于浮世的诱惑，以至于决心为妾。受了继母的虐待，在恋爱上看出男子的心不可恃的阿缝，这是行云一篇里的主人。又有写从薮州到东京吉原的娼家做养女的薄命少女的环境及少女时代的性的变化的阿绿（此篇名《竹薮》），以上的这几个女性，都由一叶的生花妙笔，把她们描写出来了。因为作者是女性，所以她能够走到男性作家所不能触到的境地，并且她所描写的阿力、阿关、阿町、阿绿的心理，无一不是成功的。《竹薮》一篇，可以说是她的最杰作，原作所写的事件极平淡，并无何等惊人的地方，仅以吉原的娼寮为中心，描写附近的少年生活，但有深能动人的诗的魔力。写少年少女的生活，暗示人生的一面，把人生的愁暗，如实的写出。描写的方法也很圆熟，如吉原的地方色、少年少女的特性，都鲜明地表现出来。篇中的任性的正太、温和沉默的信如、愚暗滑稽的三五郎等人物，都给阅者种不能忘记的印象。

新进小说家 和一叶同时的新进作家，显示相当成绩的，为后藤宙外，稍迟又有岛村抱月、小杉天外、小栗风叶诸人。宙外初为评论作家，后始执笔创作。他的出世作为《兴涌》与《暗之现》二篇。前者刊于二十八年的《文艺俱乐部》，后者发表于二十九年的《新小说》。二作于心理描写与田园的叙景，结构的周到诸点，可说是成功的作品。由现在看起来，他的作品正如田山花袋所评，是"独特的心理描写。也多空想"，这话是不差的。三十年宙外与小杉天外共出《新著月刊》，新进作家借此出世的，有岛村抱月、水谷不倒。当时抱月所作的小说不及他的评论，用笔平淡。描写也没有什么特色，惟结构与布局是戏剧的，令人注目。对于他的作品，说他是以诗的感兴的沸腾而写，不若说他在冷淡的理性里加上几分热情而写的较为妥当些。他的著作，在当时得佳评的，是三十年所作的《夫妇波》《月晕日晕》：与三十一年所作的《墨绘草纸》等。水谷不倒在抱月的前后出《锖刀》《薄唇》二篇，他受江户文学的影响，尤其是近松的影响为多。小杉天外师事斋藤绿雨，他的最初的作品是与绿雨合作的《五纹》。于二十八年作《奇病》，于二十九年作《改良若殿》《卒塔婆记》等。此时他在绿雨的影响之下，别开生面，作讽刺小说。以上诸作，或嘲笑众议院议员的内幕，或讽刺华族的愚昧。虽无绿雨般的苦味，但却以轻微的甘味着笔。小栗风叶与泉镜花同在尾崎红叶门下，二十九年发表《寐白粉》《龟甲鹤》等作，被认为新进作家。他对于肉欲的描写颇胆大，在《寐白粉》里描写兄妹相好的恋爱，文坛起了大波澜。当时的作家都注力于道德上，对于他的这种描写，当然有退避的倾向。《龟甲鹤》描写半田地方的造酒店的生活，很精细新鲜。三十年出版《十七八》，田山花袋评为有写实的风味，三十一年有《恋慕流》一篇发表于《读卖新闻》，他的名字便与各大家同列，此作叙一音乐界的天才与擅长西乐的少女恋爱的故事。写二人为一对盲目的恋爱者，他们背了双亲，舍去名誉，结为夫妇。等到他们走到实际的世界里，他们的美丽的虹一般的空想，被那寒冷的实世的风所吹破了。出乎意外的，堕入了社会深渊的贫民窟生活，青年尚手持尺八（日本乐器，用竹根制成状如我国的箫，其声呜呜，悲哀动人），以寄托他的艺术的生命。结局成了生活的败北者，葬送在屈辱与黑暗之中。他们的美丽的热爱终不能完美，得了悲惨的下场。风叶的《鬘下地》与《恋慕流》同时出世，描写女伶对于情人之爱与子爱的悲惨生活，也得时人的赞赏。

社会小说作家　在这时期做社会小说的有内田鲁庵,也是一种应时的作品,是为补充前述诸家的观念小说、悲惨小说、深刻小说以及皮相的写实,空想本位的作品而出世的。当时的评论界,有一种倾向,他们要求(一)作社会小说;(二)描写时代精神;(三)离开"不好的写实"之弊而写非游荡的、健全的小说。那时的批评家要求社会小说的理由,据高山樗牛说:"现今的小说家没有多数读者,又不能作成伟大著作的原因,就是因为他们与社会的实相隔离,这已是从前的批评家所高倡的了。其实现在的作家,年龄还幼,阅历不足,所以他们表现的人物、事件、思想多为世所未见的虚浮的事。他们所写的人物的多数,不过是他们的同年辈(二三十岁壮年)的事。人物和他们自己的境遇相近,而对于一般读者极不感兴味。由这些理由所生出来的当然的结果,除了平凡的恋爱谈之外,读者与作者之间,没有共通的兴味。对于这种小说得到满足的读者,也不过是一部分的青年学生。年在四五十岁以上,稍有世故经验的人,这样的小说自然看为幼稚空疏的了。简单说一句,现在小说家的根本缺点,就是不能捉住实世与活社会的共通兴味,在于主观性之幼稚而狭隘。"因为上述的理由,当时的评论家要求与"活社会"接触的作品,遂提倡社会小说。但是社会小说是什么呢?当时的解答纷纷不一,有说社会小说是描写社会的实相的;有说是带社会主义倾向的;也有说是取材于政治界宗教界,而扩张其范围的。结局解释为"离开单调的恋爱材料,与空想本位的世界,积极地与'活社会'接触,确切地捉住其真相的一部分",比较妥当。由此可见当时要求社会小说的意义。其次是要求与时代精神接触,内田鲁庵骂当时的小说家:"常与社会分离,不能理解时代精神。他们的作品,不过是新闻纸上的第三面杂报的延长。老实说一句,现在的小说家立在思想界上，没有和别的学者、政治家、宗教家相驰骋的权利。"他又说："试看我国现在在政治、宗教、伦理上，不是已经预告着新旧思想的乖离，将起大冲突了吗？读每天的新闻，可叹可怖的，宛然有如读维新前后的历史同一之感。反过来看《文艺俱乐部》《新小说》，天下太平无事,狂于恋爱,劳于放荡,恰如隔世。"因为要补救这种缺陷，所以内田鲁庵力说描写时代精神的必要。对于以上诸点，要求更为热心的，要数高山樗牛，他批评皮相的写实者说："所谓写实派作家描写的人物，名虽称为写实，其实是如无根之草一般的。他们对于人物所生活的社会，弘通于此社会的精神，也没有较多的视察与解释，单就表现于外的语言、衣服、风习等末节，以自炫其写实逼真。"当时的批评家既然这种要求，所以社会小说自二十九年起便流行起来了。读书界排斥砚友社一派的游荡文学，需要有道念，内容纯洁的小说、宗教的文学、哲学的文学的呼声遂起。因此产生了通俗的社会小说。当时作社会小说的，除了内田鲁庵而外，还有广津柳浪、小栗风叶、后藤宙外诸人，不过顶努力而作品比较多的，算是内田鲁庵罢了。三十二年左右，他有《暮之二十八日》《落红》《片鹑》《霜消》《今样厌世男》《浮枕》《电影》《血樱》《青理想》等行世。其中最有艺术价值的，要数发表于三十一年三月的《新著月刊》的《暮之二十八日》。原作写梦想大事业的青年，中途失败，苦闷异常，不意得与宗教的光明接触，遂悟自己的真幸福，在于家庭，遂入于和平生活。当时饱饮悲惨小说、深刻小说的读书界，对于此作，极表欢迎。鲁庵此外的作品，成功的很少，他的抱负与理想，虽是高伟，但成为概念，不能够艺术化。

家庭小说作家 家庭小说的名称是不很妥当的，但在当时，对于德富芦花的《不如归》一类的小说，则称之为家庭小说，即是一种通俗小说的意味。《不如归》由民友社出版，时为明治三十三年。日人几乎人手一篇，至今重版数百次，有英汉文译本。至于《不如归》的艺术价值，田山花袋评曰："此作得非常的欢迎，乃由于取材、实感，及同情，不在艺术上的价值。"能感动人的原因，全在与内容的事件与通俗，其情调为向来的作家所没有的。菊池幽芳的《己之罪》，也是有名的家庭小说，曾发表于大阪《朝日新闻》，逐日登载，幽芳又作《乳姊妹》，也受阅者的欢迎。

写实主义的过渡期 这后半期的小说界，有两个潮流：一是前半期兴起的少壮作家，仍步从前的旧道，次弟向上；一是在前半期成名的作家，到了后半期，便走别的道路。如泉镜花、德富芦花时人属于前者，小杉天外等属于后者。

写实主义的先驱作家 反对向来的唯美的，道德的文学，与法国佐拉主义共鸣，造在自己的新艺术的，为小杉天外，他的主张的大旨是："人生不是美的，不是丑的；也不善的，也不是恶的。只是有他原有的姿态。小说在写出实社会，要将人物及事件正直而视切地写出来。"他所谓的这种写实主义是很模糊的。不能得到佐拉的真髓，自然有许多可以议论的地方。他将自己的理论具体化的作品，是三十三年所作的《初姿》。此作之前，原有《咖啡店》《乱发》《蛇莓》《肱枕》《女儿之心》等作。《初姿》中第一二回用力描写剧场的内部，为模仿佐拉的《喃那》(Nana)之作。此作成功后，更作续篇《伪紫》《恋与恋》。三十六年作《魔风恋风》《长者星》《拳》等。他的写实主义没有深的意味，并且轻视心理描写，不能算是特出的，不出介绍西洋的写实派作风到日本来的，却是他的功劳。

国木田独步在三十五年出有短篇集《武藏野》，初不为人注意，只有《新声》对于他有好评，替他介绍一下。独步的作品富于淡漠的诗情与自然味,《难忘之人》《鹿狩》《武藏野》三篇是最好的。在艺术上他是反对尾崎红叶的,曾在新声社出版的《现代百人豪》里作《红叶论》骂红叶。在三十五六年时。他虽作有《女难》《第三者》《酒中日记》《牛肉与马铃薯》等佳作,在那时却未得好评,他之出名,是在晚年。

田山花袋在此时也是一个不遇的作家,除《重右卫门之最后》一作外,又作《女教师》。他在三十七年著了一篇论文,名叫《露骨的描写》,发表于《新声》杂志,为提倡自然主义的第一声。他力说露骨的自然的,描写之必要,并论及欧洲近代文学的大势。此文出后没有什么反响,他们二人只得静待以后的新时代,同时也准备造出新时代罢了。

岛崎藤村先是新体诗人,后来专做小说。他的初期的作品是《草鞋》《水彩画家》《老孃》《椰子叶荫》等。其中得人赞许的是《水彩画家》。原作以信州的地方色做背景。写归自外洋的水彩画家的家庭,写妻子的怀疑与不睦,显示艺术家的烦恼的生活,篇中充满了诗趣。藤村的诗集有《若叶集》,咏自然的美与恋爱的美。歌自然美的,如《森林的逍遥》,歌恋爱美的如《四袖》,都是卓越的著作。除此集外,又有诗文集《一叶舟》,诗集《夏草》。他的文字,于奔放热情之中,微有沉静的色调。《夏草》里的诗,是由空想的世界、梦的世界,到现实世界的。如《农夫》《新潮》等诗是讴歌现实生活的,二十四年出的《落梅集》,就渐有为民众为劳动的价值而歌的倾向了。

除上列诸家外,此时有永井荷风,独树一帜,他在这时发展的作品,有《野心》《地狱之花》《梦之女》等。他崇拜广津柳浪。曾为其门徒,但看他的作品,几乎没有受柳浪的感化。《地狱之花》是他的佳作,写女教师的不幸生涯与节操被污的悲哀,收束处描写黑暗面，显示最后的希望之曙光。他的手法不仅是外面的描写，也是内面的，后来的文坛受他的影响不少。

戏剧 这时期的戏剧已较从前进步。二十七年坪内逍遥在《早稻田文学》上发表史剧《桐一叶》，二十九年发表三部曲之一《牧之方》，三十年在《新小说》上发表《沓平鸟孤城落叶》，在《新著月刊》发表《二叶楠》，作法都极优美。福地樱痴于二十八年作史剧《丰岛风》，三十年作《侠客》《春雨伞》《大森彦七》等。森鸥外于三十六年发表《两蒲岛》，次年发表《日莲上人说法》。高安郊月在三十六年作新史剧《大盐平八郎》《江户城明渡》；又译易卜生的社会剧《玩物的家庭》与《社会的敌人》二篇。二十九年逍遥译莎士比亚的《哈孟雷特》，三十二年户泽姑射发表译文《俄色洛》，三十六年江见水荫又译莎翁的此作，由明治座剧场的川上一派表演。此时土肥春曙、山岸荷叶等也译莎翁的戏曲，演于舞台，戏剧之创作与介绍，此时是很努力的。

新体诗歌 诗歌方面，此时的新进作家也不少。最初有盐井两江，用韵文译司各脱的《湖上美人》。外山山山、上田万年、中村秋香等人的新体歌集陆续公世。井上选轩在《帝国文学》上，发表《比治山歌》，与谢野宽也出诗歌集名《东西南北》。此时又有新体诗歌的专门杂志《大和琴》出版。岛崎藤村与土井晚翠二人，是诗坛的白眉。藤村的诗已见前述。晚翠于三十二年出《天地有情》诗集，披沥冥想的诗人对于人生与自然的胸怀。此外又有诗集名《晓钟》与《黑龙江上的悲剧》等。同时还有蒲原有明与薄田泣堇二诗人，有明有《独弦哀歌》，泣堇有《暮笛集》行世。

短歌的革新 革新短歌的落合直文，他在三十三年发行短歌杂志《明星》，内容揭载与谢野宽等人的短歌。他们的歌调不是因袭的，情趣复杂而清新，有抒情诗之风。即是他们把从前的短歌加以欧化。

当时他们的同志有与谢野晶子（宽的夫人）、洼田空穗、山川登美子、增田杂子、水野叶舟、吉井勇、北原白秋、高村光太郎等人。其中最杰出的是与谢野晶子，她于三十八年出歌集《乱发》，歌咏恋爱与肉感，浪漫的色彩颇浓厚，诗才横溢，至今不衰。当时与明星派对峙的有佐佐木信纲、正冈子规等。明星派主欧化，他们则主纯日本的趣味。正冈子规曾革新俳句，他努力研究俳句的宗匠芭蕉与芜村，他主张俳句的真生命为叙景与客观的句法。芭蕉、芜村是从自然观察得到新诗材，所以他主眺望自然，写出自然。他的有名的俳句是《灯火十二月》，这是他的主张的表现。当时帮助他的，还有高浜虚子、河井碧梧桐、杜鹃。《子规》是他们的机关杂志，被称为日本派的俳人。和他们一派对立的有新声社与筑波会。新声社的中心人物有角田竹冷、岩谷小波；筑波派的中心人物有大野酒竹、佐佐醒雪等人，这两派的势力不及日本派。

文艺评论的勃兴　这时评论界分为两大派：一为赤门派（帝园大学派），一为早稻田派（早稻田大学派）。赤门派有高山樗牛、大町桂月、姊崎嘲风、田冈岭雪、登张竹风、笹川临风等人。早稻田派有岛村抱月、金子筑水、长谷川天溪、后藤宙外、中岛孤岛、纲鸟梁川、正宗白鸟、高须梅溪等人。此外还有以文库为中心的小岛鸟水、千叶电雄。以新声为中心的田口掬订、正冈艺阳。更加上前辈的森鸥外、坪内逍遥、内田鲁庵、斋藤绿雨诸位，可算是一时之盛了。那时他们讨论的问题约有几项：一、古文学之新研究；二、美学的研究；三、关于尼采的论争；四、文人的品行问题与生活问题，古文学之新研究；如早稻田文学同人与高山樗牛之研究近松、西鹤。大町桂月之《国文学大纲》。藤冈剑峰、冈田雪岭的《支那文学大纲》，都是主要的研究。研究美学的最有力的为森鸥外与大西祝。大西氏曾在早稻田大学为抱月、宙外、梁川等讲过美学，他们四人后来遂注重美学，关于美学的著作很多，且能使美学影响于小说岁剧，功绩很大。尼采的争论是起于赤门派之恭维尼采的长处，而态度却并非批评的。早稻田派则反对尼采。一时纷纷辩难，尼采的本体，因此得以明了。开于文人的品行，在那时也成了问题，因为不知是谁出了一本《文坛照妖镜》的小册子，摘发与谢野宽的不德，加以攻击。当时的少壮文人为了这事纷争了一下，于文坛也不无影响。其次关于文人的生活，高山樗牛倡美的，满足本能的生活。曾在《太阳杂志》上发表论《美的生活》一文，他说："我们的目的，在于幸福。幸福是什么呢？就是本能满足。本能者何？即是人性本能的要求，使人生本然地要求满足，便是美的生活。"他排斥道德伦理，欲使青年的锐利的意气得以解放。我们试看他们讨论的这四大题目，便可以知道现代日本文学的发达，这些评论界的言论，不是没有功劳的了。

第五节　自然主义时代

　　从日俄战争后到大正初年，现代文学进了第四个时期，这一期在文学史上是大可注意的文学革新时代。这时自然主义的文学兴起，正和法国文学由嚣俄的浪漫主义到龚古尔兄弟、弗劳贝的自然主义一样。日俄战争后，一面提高了日本国民的自尊心；他方面则将悲惨的现实姿态显示于国人，即德富芦花说的。"胜利的悲哀"之暗地的思考，起于各智识阶级的人。他们的眼睛凝视着现实。一切不满足与不平都涌现出来了。他们要想除去了不满不平，以入于充实的新生活，遂排斥向来所行的，被虚伪的道德形式所囚的风习，有面对赤裸裸的真实的必要。不特在当时的社会、生活、思想上这样的感触着，即在文学上，也有同样之感，因此自然主义便有勃兴的可能性了。

自然主义文学发生的原因　自然主义文学的发生。有好几种原因，现据高须梅溪氏在《明治大正五十三年史》里面所列举的，译引于下。"思想方面：一、因为要扩充科学的精神。二、因为受了实验主义、人道主义的影响。三、因为不满意向来的诗的宗教思想，唯心的哲学，与形式的道德，遂直入个人的自觉的彻底境，以把握人生的真实。更就文学方面：一、因为受了欧洲大陆文学的影响。二、因为要破除向来囿于游戏的，空想的弊病；破除偏于小主观的；作伪的痕迹昭著的文学，要毫不虚伪地，真切地表现赤裸裸的人生与现实。"再将以上的话加以注解，就是思想方面十九世纪，到二十世纪，因为尊重科学的结果，由精密的穷理的方法出发的，机械的唯物的人生观占强大的势力；研究人生现象，也用一定的方式，由科学去下观察；这种风气很盛旺。善、美、真三者，第一先要把持着真，自然主义的根底，就是以此为主。当时起源于英美的人道主义、实验主义也流入日本，以为现实生活，比什么东西都要尊贵些。就文学方面说，因为欧洲文学的输入，日本文学受了新刺激。在日俄战争前后，从法国的佐拉、巴尔札克、弗劳贝、莫泊三、龚古尔兄弟等起，以至德国的苏德曼、霍卜特曼诸家的作品，都大批的介绍过来，刺激了少壮文学家的一部分，使他们感染了自然主义的思潮，到了日俄战争以后（明治三十九年），自然主义的作家的和他们的作品，便乘势而起，成为文艺界的中心势力。

自然主义的作家 自然主义的先声，当推三十八年国木田独步的《独步集》《运命》等作。其次则为岛崎藤村的《破戒》，田山花袋的《棉被》，正宗白鸟的《红尘》，真山青果的《青果集》。当时的文艺界曾有自然主义的争执，岛村抱月、长谷川天溪、岩野泡鸣等党于自然主义派，后藤宙外则非难自然主义，但因时代精神的倾向，自然主义终于得了胜利。于是二十年来把持文坛的砚友社一派，遂被推出文坛之外，新进作家代之而兴。如小栗风叶的《青春》《恋鲛》（禁止发行），生田葵江的《都会》（禁止发行），德田秋声的《出产》诸作，都使自然主义派加增了实力。文艺评论界也高唱自然主义，如岛村抱月的《被囚的文艺》，长谷川天溪的《幻灭时代的艺术》、岩野泡鸣的《神秘的半兽主义》等论文，都是自然派的应援者。新体诗人也在自然主义的旗帜下兴起，如相马御风、三木露风等作家都用口语作长诗，咏都会情调的北原白秋，作民谣的上田敏，都与自然主义共鸣。到了后来，岛崎藤村的《春与家》、田山花袋的《乡先生》，"生""妻""缘"三部作，国木田独步的《涛声》与《第二独步集》，德田秋声的《霉》《足痕》，岩野泡鸣的《耽溺》，高浜虚子的《俳诸师》等作品出世，自然主义的光焰更辉煌起来了。

新剧运动 因为自然主义的影响，戏剧也起了革新运动，运动的先驱为坪内逍遥所指导的文艺协会。先是逍遥曾于三十七年发表《新乐剧论》《新曲浦岛》，颇惹起剧界的注目，三十八年又作新曲《赫哉姬》，三十九年便举行文艺协会的开会式。他们表演《妹脊山》《孤城落月》及莎翁的《威尼斯商人》，逍遥作的《桐一叶》等，第一次假歌舞伎座上演。嗣后经逍遥的扶掖，新剧作家陆续产生，主要的剧本有中村吉藏的《牧师的家》佐野天声的《意志》《大农》，山崎紫红的《七只桔梗》，真山青果的《第一人者》。此外还有秋田雨雀、久米正雄、吉井勇诸人，渐为世人所知，他们的作品都具有清新的内容与技巧，文艺协会得这些人加入，便获得了显著的成功了。当时东仪铁笛、松井须磨子、土肥春曙等人，演易卜生的《玩偶的家庭》等剧，获了可惊的成功。除了逍遥主持的文艺协会以外，又有市川左团次、小山内薰一派主持的自由剧场。第一次表演易卜生的《布克曼》，第二次演爱德肯特的《出发前半时间》，与森鸥外的《生田川》、柴霍甫的《犬》等作。同时又有新时代剧协会、新社会剧团、土曜剧场、东京俳优学校的试演等，都收了相当的成功。名伶尾上菊五郎、中村吉右卫门试演近松剧，一川上贞奴及东京帝国剧场的当事人，更努力养成女优，为大正时代剧界活跃的准备。

非自然主义派的余裕派与享乐派　当时与自然主义分离，别取途径的有夏目漱石、森鸥外、永井荷风等人。漱石以《我辈是猫》作出名，至《虞美人草》《三四郎门》等作出，是为低徊趣味小说的首领，他自己曾说小说以余裕为主，故曰余裕派。森鸥外的小说别具风格，与漱石不同，他的作品有《塞克斯亚尼司》《游戏》《青年》等作。永井荷风写都会人的享乐的倾向，有《美洲物语》《欢乐》《冷笑》等出，是为享乐派的先驱。与永井荷风同一倾向的是谷崎润一郎，他在明治四十三年发表《刺青》，四十四年发表《少年》《帮间》，遂成为日本唯一的唯美派的首领，人尊之为日本的王尔德。他的才华，此时不过稍露光芒，到了大正时代，更发挥他的奇才，震惊一世，为一时代的宗匠。

第六节 各派分立时代

明治末年,日本的文学界,大抵由自然主义所统一,到了大正时代,自然主义渐渐衰颓,于是各种流派蔚然而起。明治末期已有反自然主义的作家兴起新浪漫主义的运动。到了这时代,日本文学也与欧洲文学一样,遇会了大改造时期,从大正元年到六年左右。便以新理想主义为主流,又因在欧洲大战后,社会改造的声浪愈高,日本受了欧美思潮的激荡,遂产生适应时代的文学。有社会主义文学、无产阶级文学等流派,陆续兴起。这一期的日本文学。比前期更形复杂,详述几有所不能。兹就各作家的倾向,范列为几派,一一分述如下。

新浪漫派作家 现代文学自与欧美文学潮流接触以后,为这种潮流所激荡,在自然主义之后,起了新浪漫主义的运动。这派可用小川未明、铃木三重吉、森田草平三氏做代表。小川未明当自然主义盛行时,他一人孤立,不为所动。他的初期的作品,多感伤的色彩,到了中期,渐具现实的要素。他的作品,已收入《小川未明全集》内。近已声言不作小说,专心于童话的创作。他的小说是描写对于现实生活的痛切的苦闷与不安,以神经质的笔调抒写,希望得到什么而又不能得到的苦痛,便是他的艺术的基调。他的作风,经过几度的转变,后转为人道主义、社会主义的作家,不过他的浪漫的本质,是始终不变的。铃木三重吉是夏目漱石的弟子，他的作品甚多，有《千代纸》《赤鸟》《不返之日》等短篇集，长短集《小鸟之巢》后来曾收入《铃木三重吉全集》内。他的作风与小川氏又有不同，他的是对于现实生活的焦躁，追逐于难于捕捉的幻影，至于神经质的一点，二人则多相似。他早已不作小说，也专心于童话的创作，办《赤鸟》杂志，专供少年子女的阅读。森田草平的作品，也是对于现实生活的苦闷与焦躁，惟具有浪漫的热情。他曾与当时的新女子平冢明子发生浪漫的恋爱，《煤烟》一作，就是描写他自己的。《女之一生》《初恋》等短篇，皆以描写女性为主。近发表长篇小说《轮回》，轰动一时。森田氏除创作外，又努力于论文与翻译。

享乐派颓废派恶魔派 这派是"世纪末"的产物，他们对于现实怀疑苦闷，因此沉湎于享乐与颓废。近松秋江的《别离了的妻》《舞鹤心中》《疑惑》；长田干彦的《舞伎姿》《鸭川情话》《浮草》；田村俊子的《誓言》《木乃伊的口红》；谷崎润一郎的《恶魔》《续恶魔》《富美子的脚》都是这派的代表著作。此外如久保田万太郎写"下町"的市井生活；水上泷太郎（本名阿部章藏）之崇拜泉镜花；木下杢太郎（即医学博士太田正男）之倾向唯美，都属于这一派。

白桦派 这一派有机关杂志名《白桦》，故名白桦派。他们以人道主义为主，武者小路实笃是这派的中心人物，同志都是华族子弟。他们最初受了托尔斯泰的影响，以爱和平，无抵抗三者做标语。武者小路氏的出世作为《可贺的人》，著作甚多，如《妹妹》《一个青年的梦》《爱欲》等，都是他的杰作，菊池宽批评他说，"我以为武者小路氏是在日本现代文学里颇有异彩的作家。当作一个小说家，当作一个戏曲家，在武者小路氏以上的人或许也有；可是在他的思想与他的作品，相俟以显示唯一无二的个性这一点上，恐怕是没有第二个存在的吧。对于如像我们这些在明治四十年以后成长的作家或文学爱好者，武者小路氏的作品，恰如一座武者小路学校。我们大家都进过那学校一次，从那里叨了各种的教。在思想方面或在艺术方面，打破了一切传统与一切习惯，以至开拓了真正新颖的文艺世界，在这一点，我以为像武者小路氏那样伟大的作家是没有的，如像武者小路氏那样，用伟大的精神而动的作家是没有的，即就文学史上说，武者小路氏的存在，也是永久不能消抹的吧。"武者小路氏从前在日向建设新村，前年已移住东京，办《大调和》杂志。

志贺直哉为白桦派的重要人物，他的创作态极严肃，为一般批评家所景仰。长篇作品有《和解》《暗夜行路》《大津顺吉》等，短篇有《十一月三日午后的事》《范之犯罪》等。长与善郎著《盲目之川》《项羽与刘邦》，人道的色彩非常丰富。其次为有岛家的三弟兄，有岛武郎早年抱个人主义的思想，后期则显露社会主义的思想，著作有二十余辑，如《该隐的末裔》《死与其前后》《宣言》是他的代表作。晚年他把自己的财产放弃，试为生活的革命，后来与爱人波多野秋子自杀于轻井泽。有岛生马是武郎的兄弟，以西洋画家而兼作小说，作品以温雅见长，描写亦极巧妙，所作有《蝙蝠》《少年》《饲鸽的女儿》等。里见弴是有岛兄弟最幼的一个，虽出身白桦派，但能别开新心理小说的境地，《多情佛心》《善心恶心》《今年竹》等作，都足以表现他的才华。

新思潮派 这派以《新思潮》杂志为中心，故名。《新思潮》的创刊原为明治四十二年，前后共刊行十次，第一次刊行时的主干是小山内薰，至大正时代，则为芥川龙之介、菊池宽、久米正雄三人所主持，放奇异的光芒。除此三人外，尚有丰岛与志雄。芥川龙之介是现代文学界里的奇才，又是一个最有博识的人。他的作品警技精练，善应用陈旧的材料，以显示他的技巧。他的杰作有《鼻子》《罗生门》《地狱变相》《薮之中》《开化的杀人》等。他因要领略死的滋味，于一九二七年服安眠药自杀。现在的《新思潮》只剩下菊池、久米、丰岛诸人。

菊池宽是芥川的好友，他的作品以主题为重，使文艺一般化，为现代文坛最流行的作家，有《真珠夫人》《新珠》《火华》《第二的接吻》等长篇，《藤十郎的爱》《屋上狂人》《父归》等戏曲。他主办《文艺春秋》杂志，代表有闲阶级的著作。久米正雄兼作小说与戏曲，有《破船》《学生时代》《三浦制丝场主》《归去来》等作。丰岛与志雄有《未来的天才》《胎儿》等作，善写静寂的场面。

早稻田派　这一派的作家，多由早稻田大学文科出身，有谷崎精二、广津和郎、加能作次郎、细田民树、细田源长、宇野浩二、葛西善藏、吉田弦二郎诸人。精二是润一郎的兄弟，作风和他的老兄不同，有写实的倾向。所作有《离合恋爱摸索者》《结婚期》等。和郎是柳浪的儿子，描写的轻快；与观察的锐利，是他的特长，作风颇似俄国的柴霍甫。《两个不幸者》《走到光明去》是他的代表作。加能作次郎以朴素的情趣见长，写北海渔村的著作颇有名。细田民树有人道主义的倾向，细田源吉则近于自然派。宇野浩二的出世作为《藏之中》，他的作品善写人间的苦劳味，有一种独特的情调，最近时以花柳界为题材，做了许多小说。葛西善藏善写心境，对于他的寂寞困苦的生活，披沥无余。吉田弦二郎以感伤的情调著作，《岛之秋》《副牧师》是他的代表作。

三田派　这派是庆应大学（原称庆应义塾）出身的作家，因庆应大学在三田，故名三田派。这派的作家有前述的久保田万太郎与水上泷太郎诸人。佐藤春夫曾学于三田，也可以算是这一派。佐藤氏的《田园的忧郁》与《都会的忧郁》二长篇，最享盛名。他本是一个抒情诗人，富于浪漫的情感。他在文艺界的位置，与新思潮派的三人齐名。

新潮社派　《新潮》是日本唯一的高级文学杂志，由新潮社刊行。新潮社营文艺书籍的出版，对于文艺的促进颇有功绩。《新潮》杂志的编辑人为中村武罗夫。他专作长篇小说，短篇甚少，所作以结构的壮大与波澜之重叠见称。《人生》《涡潮》《瑠璃鸟》是他的著作。新潮社又出版一种通俗的文艺杂志，名叫《文章俱乐部》。编辑的人是加藤武雄。加藤氏在这时代的文学界里，也占很高的地位，他为乡土艺术的代表作家。所作以《乡愁》《爱犬故事》等短篇为杰出，他善守人间的哀愁；长篇小说也多，有《久远的像》《抛球》等作。

无产阶级文学运动　这派的运动健将有藤森成吉、宫岛资夫、前田河广一郎诸人。藤森氏曾隐姓埋名，体验劳动生活，最近曾有《磔茂左卫门》《牺牲》等作公世。宫岛资夫为社会运动家，有《坑夫》《金》等作，他也有肉体劳动的经验。前田河广一郎曾流浪美洲多年，有《三等船客》《大暴风时代》等作。新进的无产阶级作家，当数林房雄、青野季吉、叶山嘉树诸人。他们曾发行《文艺战线》，较之藤森等人，则为左倾的作家。

宗教文学作家　仓田百三、贺川丰彦、江原小弥太诸氏，均富有宗教的色彩。仓田氏的《出家与其子弟》，写亲鸾的感化。贺川丰彦的《越过死线》写无抵抗主义；写被资产阶级压迫的人，富于基督教的博爱色彩。江原小弥太著《新约》《旧约》《复活》等作，取材于圣书，写他自己的人生观与社会观。

其他作家　大正八年文艺界出了一个惊人的作家，就是岛田清次郎。他的长篇《地上》，为读者最多的一部杰作。批评家生田长江氏曾说:"十几年来的各流派主义、倾向等,不过为《地上》的准备而已。"又说他的描写,兼有巴尔札克与弗劳贝之长;他的思想,合托尔斯泰与陀思托也夫司基为一人。不幸这位少年天才得了狂疾,闭锁在病院里,不能充分发展他的才华。实是现代文艺界的损失。

以上所述诸派,不过是第五期文学的代表作家,此外还有许多新进人物,如新感觉派之横光利一,新进作家今东光、佐佐木茂索、白井乔二和其他的作家,均限于篇幅,不能列举。

附录

主要参考书目

（甲）各时代的作品

《日本古典全集》普及本。与谢野宽、正宗敦夫、与谢野晶子编纂校订，日本古典全集刊行会出版。

《名著文库》，芳贺矢一博士等多人编校，东京富山房出版。

《岩波文库》，内收古代名作多种，东京岩波书店出版。

《日本名著大系》，包含古代至近世的名著多种，附有评注，东京日本名著大系刊行会出版。

以上四种为丛书本，卷帙较繁。东京明治书院与富山房，有各时代作品的评释多种，最便选购。

《现代日本文学全集》，内有明治、大正时代作家的作品。新潮社一圆本。

《明治大正文学全集》，以主义派别分册，所选作品与前一种略有差别，春阳堂出版。

《现代长篇小说全集》，新潮社一圆本。

上二种亦为丛书，收入明治、大正各作家的作品。若欲选购，则东京新潮社、春阳堂两家书店，均有各作家著作的单行本，易于购求。

（乙）一般的日本文学史

芳贺矢一，《国文学史概论》。

服部嘉香，《日本文学发达略史》。

铃木弘恭，《日本文学史略》。

林森太郎，《日本文学史》。

大和田建树，《日本大文学史》五卷。

五十岚力，《新国文学史》。

植松安，《国文学小史》。

三上、高津合著，《日本文学史》二卷。

芝野六助译补，英人阿斯吞著，《日本文学史》。

芳贺矢一，《国文学史十讲》。

铃木畅幸，《大日本文学史》《国民文学史》。

三浦圭三，《综合日本文学全史》。

永井一孝，《国文学史》。

尾上八郎，《日本文学新史》。

津田左右吉，《现于文学的国民思想之研究》。

（丙）各时代的文学史

武田佑吉，《上代文学之研究》。

藤冈作太郎，《国文学全史·平安朝篇》《镰室室町时代文学史》。

藤井乙男，《江户文学研究》。

内藤耻叟，《江户文学史略》。

干河岸贯一，《德川时代之文学》。

高须梅溪，《日本近世文学十二讲》《日本现代文学十二讲》《近代文艺史论》。

岩城准太郎，《明治文学史》。

宫岛新三郎，《明治文学十二讲》《大正文学十四讲》。

加藤武雄，《明治大正文学之轮廓》。

相马御风，《明治文学讲话》《现代日本文学讲话》。

上二种见佐藤义亮编的《新文学百科精讲》内。

（丁）分科的研究

和适哲郎，《日本古代文化》。

藤冈作太郎，《近代小说史》。

山内素行，《日本短歌史》。

佐佐木信纲，《近世和歌史》。

池田秋旻，《日本俳谐史》。

高野辰之，《日本歌谣史》《净瑠璃史》。

伊原敏郎，《日本演剧史》。

立川焉马，《歌舞伎年代记》。

大和田建树，《谣曲通解》。

正田章太郎，《能乐大辞典》。

神话学 ABC

序

  对于原始民族的神话,传说与习俗的了解,是后代人的一种义务。现代有许多哲学家与科学家,他们不断地发现宇宙的秘密,获了很大的成功,是不必说的;可是能有今日的成功,实间接的有赖于先民对于自然现象与人间生活的惊异与怀疑。那些说明自然现象与社会现象的先民的传说或神话,是宇宙之谜的一管钥匙;也是各种知识的泉源。在这种意义上,我们应该负担研究各民族的神话或传说之义务。

  我国的神话本来是片断的,很少有人去研究,所以没有"神话学"(Mythology)的这种人文科学出现。在近代欧洲,神话学者与民俗学者辈出,从文化人类学;从言语学;或从社会学去探讨先民的遗物,在学术界上有了莫大的贡献;东方的日本也有一般学者注意这一类的研究,颇有成绩。我国则一切均在草创,关于神话学的著作尚不多见。本书之作成,在应入手研究神话的人的需要,将神话一般的知识;近代神话学说的大略;以及研究神话的方法,简明的叙述在这一册里。

  本书共分四部分,别为四章。第一章说明神话学的一般的概念;第二章说明神话的起源及特质;第三章说明神话研究的方法;第四章则就原始神话内，列举四种，以作比较的研究。

编者对于神话学的研究，愧无什么创见。本书的材料，前半根据日本早稻田大学教授西村真次氏的《神话学概论》；后半根据已故高木敏雄氏的《比较神话学》，此外更以克赖格氏《神话学入门》（ABCGuidetoMythology）为参证。西村氏一书为最近出版者，条理极明晰，所收材料也颇丰富，较之欧美各家所著的书，只各主一说者，对于初学更为有用，故本书的编成，大半的动因，还是在介绍西村氏的大著。

中华民国十七年七月十八日

编者志

第一章　绪论

第一节　神话学的意义

神话学这个名词，译自英语的"Mythology"。此字为希腊语"Mythos"与"Logus"的复合。"Mythos"的意义，包含下列几种：1．一个想象的故事；2．极古时代的故事或神与英雄的故事；3．如实际的历史似的传说着的通常故事。"Logus"则为记述的意思。由此二语复合而成的"Mythology"，可以解释为：1．神话及故事的学问或知识；2．神话的搜集或整理；3．传说的书物等。

神话学家对于神话曾有各种的定义，施彭斯（Lewis Spence）著《神话学绪论》（An Introduction to Mythology）一书，最能简易的说明神话学的性质。关于神话学的职分，他曾经说："神话学以研究及说明人类古代的宗教的经验、科学的经验之神话与传说为它的职分。神话学将光明投射在原始宗教与原始科学的材料、方法及发达上面，其故在多数的神话,都是企图说明物理现象(Physical Phenomena)及宗教现象(Religious Phenomena)。"

他又进一步说到神话与民间故事、传说的关系;他说传说学的主要的研究对象就是神话,此外虽也涉及民间故事与古谈,然这些往往与神话混乱在一起,为初学者计,把他们一一加以说明,并不是没有意义的,因说明如次。

一、传说(Tradition)是故事的传承形式(Traditional Form of Narration),神话、民谭与古谈都包含在内。

二、神话(Myth)是神或"超自然的存在"的行为之说明,常在原始思想的界限里表现,神话企图说明人类与宇宙的关系。在述说神话的人们,有重大的宗教的价值。神话又是因为说明社会组织、习惯、环境等的特性而出现的。

三、神话学(Mythology)是包含各人种的神话组织(Mythic System)与神话的研究的科语。

四、民俗学(Folk-Lore)是研究原始时代的习惯、信仰、技术的残余物(Survivals)的学问。

五、民间故事(Folk-Tale)或民谭是有神话的起源的原始故事,或者纯粹的故事,及富于美的价值的原始故事。

六、古谈(Legend)是关于实在的场所、实在的人物之传述着的故事。

通观以上所论,可知施彭斯氏是从广义方面解释神话学,下了"传说的科学"(Scienceof Tradition)般的定义。若就狭义说,则神话学是包含神话组织、神话研究的学问,它的近代的意义甚广,可以将它视为研究那包含在"传说"这一个科语里面的学问(传说包括神话、民俗、民间故事、古谈等)。

第一章　绪论

第二节　神话学的进步

　　神话学发达到今日的状态，费了二十几世纪的长时期，在一切文化科学之中，是具有最古历史的一种。它的发生与成长的过程，与人类的心的发展的过程成正比例，给予后世的人以极深的兴味与暗示。现以施彭斯（Spence）、克赖克（H.A.clarke）、兰（A.Lang）、泰娄（E.B.Tylor）诸氏之说为为主，略说神话学进步的历史。

　　（一）**古代神话学**　对于神话加以最早的批判的，是希腊的舌洛法（Xenophanes），他是公元五四〇—五〇〇年时（？）的人，生于依俄尼亚（lonia），曾流转至西西里，后住于南意大利的耶勒亚（Elea）。他对于当时流行的关于诸神的神话的观念，加以否定。他说："神仅有一个，此神是诸神与人类间之最伟大者，他的身与心都是不朽的，对于一切，他无所不通，无所不思，无所不闻。"又论断说："人把这样的神想象和自己一样，生而有声音体貌，例如叫虹做依尼斯（Iris），然此不过是一片云罢了。他又说将神形视为人的人态神话（Anthropomorphic Myths），是古人的寓言。因此之故，可以视舌洛法为寓意说（Allegorical Theory）的开山祖。

　　公元前六百年时的德阿格（Theagenes），他也将一切的神话视为寓言，他说希腊神话里的阿波洛（Apollo）、赫尼俄斯（Helios）、赫费斯达（Hephaestus）诸神，是各种形态的火，希拉（Hera）是气，波色登（Poseidon）是水，阿尔德米司（Artemis）是月，其他诸神，是道德或智慧的拟人化。因此他的神话说在另一方面，可以称之为拟人说（Personification）。

此外如亚里斯多德（Aristotles）以神话为古人的哲学的思索之表现；普鲁打哥（Plutarchos）则以神话为由假托的形而上的叙述，二者可以称为哲学说（Philosophical Theory）。

公元前四百年时，有友赫麦洛（Euhemerus）倡导一种历史说（Historical Theory），他视神话为假托的历史，神虽是人，因为时间的经过与后世的空想，将他的姿态庄严化，遂变成神了。简言之，诸神就是由后人将他们神格化了的伟人。这种学说，经友纽斯（Ennius）的倡导，在古代罗马更成为通俗化。如友赫麦洛晚年的弟子勒克娄（Le Clerc），则唱神话史实说，他说希腊神话是由古代的商人与航海者的日记编纂而成的。

到了基督教兴起以后，世人嫌怨希腊神话的不合理，非道德的，便施以寓意式的注释，起了使希腊神话正义化的运动。试举一例，如初期基督教的教父圣奥古斯丁（Saint Augustinus 354—400），他曾经从友赫麦洛的方法，修饰了希腊神话。

（二）中世的神话学　在中世纪，没有产生值得注意的神话批评，那时的通俗的信仰，大家以为古代的诸神与女神都是恶魔生的；至少是因为基督教的出现，才叫他们赶退到地狱里去，他们是一种异教的偶像。这种考察，由一般的僧侣支持着，试看中世的唐禾色（Tannhauser）的传说，便可知道。

在文艺复兴期以前，古典的研究已有，其时希腊、罗马诸神，常与异教国的诸神混乱在一起，甚至于视他们与穆罕默德那样的宗教家同样。

（三）十八世纪的神话学 到了十八世纪末，从科学方面作神话研究的倾向还没有发生，虽然在十七世纪到十八世纪初叶时，写希腊、罗马神话的轮廓的书已渐次出版，但批评的精神完全缺乏。到了后来，批评的精神，渐次兴起，有普洛斯（Charles De Brosses1709—1777）在一七六〇年出版了关于埃及宗教的一种论文，述古代埃及宗教里的显著的动物崇拜，尚残留在近代黑种人间所有的宗教的行事里。一七四二年有拉弗妥氏（Lafitau），主张残留于希腊神话里的野蛮要素，曾发现于北非洲的印度族里。他们虽把近世的科学方法应用于神话的研究；但是其余的人依然用旧来的方法。如班尼尔（Abbe Banier）者，将一切神话的研究，放在一个历史的基础上。布莱扬（Bryant）在一七七四年发表《古代神话的解剖》（A New Systemonan Analysisof Ancient Mythology），在圣书之中，寻出神话的资源。可以注目的是谢林氏（F.Schelling），他首先说明国家的发达与神话的构成之间，是有关系的。克洛色氏（Creuzer）在《象征与神话学》（Symbolikand Mythologic）里说明神话是僧侣的学校，在象征的形式里，传承而来的，此种秘密的智慧，从东洋来到希腊，变成了神话，所以在神话之中，古代的知识，变作寓意的形式而包含在里面。此外较此二氏更可注目的是缪勒氏（K．O．Muller）的《神话学序论》，他主张说明神话，非说明其起源不可，主张实际的原始的神话与诗人，哲学家所牵强附会的神话是有差异的；将神话的材料返于原来的要素，非依从一种方则去研究不可。这种主张，恐怕要推为真实地将神话作科学的研究的最早的了。这种最初的尝试，的确是值得赞赏的。

（四）言语学派（Philological School） 从十九世纪到二十世纪，神话学有了长足的进步，出现于其间的许多学者，互相论难攻击，一时呈现出盛茂的形状。现在简单叙述各派的主张与特征。

第一，可以注目的是言语学派，这派最初是试作言语的比较研究而成功了的，结果对于神话的研究起了兴味，遂至以言语学的方法去说明神话的现象。马克斯·缪勒教授（Marx Muller 1823—1900）就是他们的指导者。他在二十三岁时从德国到牛津，从事翻译印度古代的宗教书籍，因为他的学力、精力与修养的广泛，在英国学术界，占了优越的地位。他的深邃的言语学的比较研究，渐次引导他到神话的世界。言语本为思想的钥匙，而神话组织本为思想的一形式，当然非由言语去规定不可；他主张神话是"语言的疾病"（A Disease of Language）。关于他的神话学说，可看他的大著：《对于神话学的贡献》（Contribution to the Scienceof Mythology），一八九七年版；《马克斯·缪勒论文集》（Collected Works of F.Marx Muller），一八九九年版及《自然宗教》（Natural Religion）第1卷。

据缪勒氏之说，神话的起源，应该是人类的直觉或本能占了势力，而抽象的思想还未可知的一种阶段，所以神话的用语常先于神话的思想。神话构成里的言语的特性，就是语汇的性（Gender），一语多义（Polynymy），多语一义（Synonymy），诗的隐喻（Metaphor）等。神话须由言语始可了解，可是仅由言语，没有可以了解的理由。总括缪勒学派对于神话学的意见来看，神话是语言的疾病。

缪勒并非应用比较言语学于神话研究的第一人，在他以前还有赫尔曼（G.Herman）及其他学者，他们想由语原去说明神话；可是只集中精力于希腊语，没有得到所预期的结果。在比较言语学上置了基础，开用语言研究神话之道的，乃是弗郎士·波伯（Franz Bopp 1791—1867），他同他的亲近的人，假定印度日耳曼语的语族，利用它来解释缪勒氏的神话现象。试举一例，他比较宙斯（Zeus）即周比特（Jupiter）之名，作成下列的公式。

(Diaush Pitar=Zeus Pater=Jupiter=Tyr)

据他之说，梵语的"Diaush Pitear"与希腊语的"Zeus Pater"与拉丁语的"Jupiter"，及古代条德尼语的"Tyr"是同一的，他这样的把语原研究应用于神话学，他受当时学者的激烈的酷评，经了多次的辩论与答辩。

即在言语学派之间，关于神话与神话上的人物，也显出了不同的意见，于是就生出了三派意见。一是太阳神派（SolarSchool），此派的支配者为缪勒，他以为神话、民谭、故事无论哪一种，都是太阳神的表现，以神话为太阳中心。热心祖述这派学说的，有柯克斯（Sir George Wcox1827—1903），在他所著的《神话学及民俗学绪论》里，他力说太阳神话的普遍。他集成世界的神话及故事，在他们尝试科学的研究这一点上，对于神话学带来了很大的贡献。二是气象学派（Meteorological School），此派主张一切神话里，雷电的现象很多。例如龙神与其他魔神，将善神与公主幽闭在天岩户里，此时有一英雄之神出现，斩杀他们，救出公主，这一段故事，就是说黑暗恐怖的雷云拥蔽了日光，遂有神出现，拂扫云雾。这气象学派的首领就是肯氏（Kuhn1812—1881）与达麦司德氏（Darmesteter1849—1894）。

（五）人类学派（Anthropological School） 与言语原学派对立的，是人类学派。这一派颇有占优胜之势。人类学派的神话学者在神话之中，寻见了粗野无感觉的要素，这要素，乃是野蛮的原始的社会里遇见的，如果在有教养的文明民众里寻见了这种要素，那么必定是从野蛮时代所受的遗产——即是，可以看做原始信仰的残存，这是他们的主张。他们主张的纲领可以简述如次。

1. 存于文明神话与野蛮神话里的野蛮要素与不合理的要素，乃是前进的文明时代里的原始的残余物。

2. 文明神话与野蛮神话的比较，即后代与古代神话的比较，往往使后者的性质明了。

3. 如比较广布着的各民族间的类似神话，则原始的性质及意义自然了解。

第三节　最近的神话学说

十九世纪后半期到二十世纪的今日，神话学的研究者正是踊跃的时候，各种学说接踵出现。其大体的倾向，可以说是人类学的，到了最近，将神话视为"历史的事实之原始的表现"（Primitive Expression）或"反映"（Reflection）的倾向渐着。现依次说明各家的神话学说。

（一）**泰娄**（E.B.Tylor）　把科学的新原理应用于神话学说，安置"人类学派"的基础的人，就是泰娄。他逐次刊行的《人类古代史研究》(Researches into the Early History of Mankind 1871)《原始文化》（Primitive Culture 1871），及《人类学》（Anthropology 1881）诸作，内容极明了正确，都是在人类学里划一新时期的杰作。他在《原始文化》里曾说："那里有许多神话的群，搜集拢来的神话的数越多，则构成真正神话学的证据越多。横陈在坚固的解释的组织下的原理，是简单的。整理从各地搜集来的类似的神话，作成一大比较群，于是随心的方则以进退的想象过程之运转，由神话组织而明显。"泰娄的意思是说，须集许多神话，就其类似的集为群，否则不能有何等发现，不过仅刺激一个孤立的好奇心而已。他主张神话的科学的解释，应用实例的比较。

（二）斯宾塞（Herbert Spencer） 斯宾塞氏（一八二〇——九〇三）在他的名著《社会学原理》（Principles of Sociology）里发表了关于神话的意见，对于神话的起源，他提出了误认说（Misconception Theory），他说人类的心的状态使一切现象生活而且拟人化时，则堕落而陷于误认（Misconception），误认的唯一的原因就是语言。本来具有不同意义的述说，如人物的名字一样，被人误解，因此原始人种渐渐相信人格化了的现象。此人格化的原因之一，就是因古代言语里面，有了自由的含着生命的缺陷。原始社会的人名，是由瞬间的偶然事件而来的，比如一日中的时刻、天气的状态，等等。现在某种部族，还有以曙光、黑云、太阳等做名字的人。如果有关于这些人的故事，经过时间的变异，名字便移转到物或事上，于是物与事就人格化了。这就是施彭斯氏的神话起源说。

（三）斯密司（W.Robertson Smith） 斯密司氏（一八四六——一八九四）亦为人类学派之一人，在他的名著《塞米人的宗教》（Religion of Semites）里，他发表了关于神话的意见。他说："在所有的古代宗教组织里，神话是从教义起的。有某人种的神圣故事，是取关于诸神的故事的形式，这些故事，单只是宗教的训言与祭仪的行动之说明。神话对于礼拜者不加什么制裁，也不施以什么强力，所以不能视神话为宗教的主要部分。"他的主张是，即使相信神话，决没有负真正宗教里的义务之理，也不会起受神的恩宠的思念。因为神话是从祭仪而起的，祭仪不是起自神话，神话的信仰，虽随礼拜者之意，然祭仪则是不可免的义务。但是在神话里面说及诸神的行动的故事，可以把他看为宗教的重要部分。如果没有预言的故事，回教是不成立的；没有瞿昙的故事，佛教是不成立的；如果没有基督的故事，基督教是不会成立的吧。他又说："古代宗教的研究，可自祭仪与传统的习惯为始，非以神话为始。"司密斯氏学说的缺陷，便也在于此，因为神话说明传统的习惯，同时也显示宗教的思索的原始。

（四）安特留·兰（Andrew Lang） 使人类学派有力，普及此种学说，具有功劳的人，就是安特留·兰氏（一八四四——一九一三）。他的神话学的著述最初有《习惯与神话》（Customand Myth1884），其后渐次出版《神话祭仪及宗教》（Myth, Ritualand Religion1887），《近世神话学》（Modern Mythology1897），《宗教的创成》（Themaking of Religion1898）诸作，打破言语学派重镇马克斯·缪勒的学说。在《习惯与神话》里，他说明民俗学的本质，将民俗学与考古学同时研究。在《神话祭仪与宗教》里，论神话与宗教间的差异。《近世神话学》则为攻击言语学派，为人类学派辩护的著作。在《宗教的创成》里，发表他的反泛灵论。这四种著作在神话学界里占了重要的位置。

（五）弗莱柴（SirJames George Frazer） 对于原始宗教学与神话学有最大贡献的，要算是弗莱柴的大著《金枝》（GoldenBough）。《金枝》是（Magic）与宗教之世界的比较研究，共七部十二卷。第一部讲《咒术与王的进化》（The Magic Artandthe Evolution of Kings），此部由两卷而成；第二部只有一卷，题为《禁忌与灵魂的危难》（Tabooand the Perils of the Soul）；第三部一卷，题为《消灭着的神》（The Dying God）；第四部二卷，为《阿妥尼斯（Adonis）阿梯斯（Attis）俄西尼斯（Osiris）》；第五部二卷，《论谷物及野生植物的精灵》（Spirit of the Cornand of the Wild）；第六部一卷论《替罪羊》（The Scapegoat）；第七部二卷，题为《美神巴尔德：欧罗巴的火祭与外魂之原理》（Balderthe Beautiful：The Fire-Festivals of Europeand the

Doctrine of the External Sour）；第十二卷为篇外，即"参考书目与索引"（Bibliography and General Index）。除《金枝》外，弗氏尚有《不死的信仰与死者的崇拜》二卷（The Beliefin Immortality and Worship of the Dead），《旧约圣书中的民俗》（Folk-Lorein the Old Testament）三卷，《图腾制与族外婚》（Totemismand Exogamy）四卷，及《赛克的工作》（Psyche'sTask）一卷，《自然崇拜》（The Worship of Nature）皆为现代学术界所重视。诸作中最有力者仍推《金枝》，他的夫人白合（Lilly Frazer）曾将《金枝》通俗化，作成《金枝之叶》（Leave form the Golden Bough）一卷。

（六）吉芳斯（F. B. Jevons） 吉芳斯的神话学说，可视为兰氏学说的祖述。他的神话学的著述有《宗教史绪论》（AnIntroduction to the History of Religion1896）、《古代宗教里的神的观念》（The Idea of Godin Early Religion1910）、《比较宗教学》（Comparative Religion1913）等，诸作中最可注目的是《宗教史绪论》，立论的明确与态度的严肃为一部分学者所宗仰。《宗教史绪论》里有《神话组织》一章论及神话，说明神话的意义，他说："神话不是如赞歌、颂诗那种的宗教的情绪之抒情诗的表现；神话不是如信仰教条与教理一样是非信不可的事项的叙述。神话是故事，它不是历史，是关于神或英雄的语谈，它有两个性格：即是一方面是虚伪的，且又常是不合理的；在另一方面，神话对于最初的听众，视为无须证明的真实，如这样，又是合理的。……"他力唱神话非宗教说，他道："……神话组织是原始科学、原始哲学；是原始历史的重要的要素，是原始诗歌的资源；可是断乎不是原始宗教。"

（七）玛勒特（R. R. Marett） 玛勒特以《宗教入门》（The Threshold of Religion）一书著名，他唱泛精神论（Animatism），在神

话学界开拓一新天地。

（八）戈姆（Sir G. L .Gomme） 他是历史学派的重镇，著有《历史学的民俗学》（Folk-Loreasan Historical Science），于1908年出版，论历史、民谭与习俗的交涉。

（九）哈特兰（Sidney Hartland）哈氏著有童话学（Science of Fairy Tales），为现代科学丛书之一，于1891年出版。他检讨世界的传说，寻出它们的一致，再研究它的起源与分歧。他搜集了世界上的许多传说，分为若干类，如《仙乡淹留传说》（The Supernatural Lapse of Timein Fairland）、《天鹅处女传说》（Swan Maiden）等，是其中的主要的部分。

（十）哈里丝（Rendel Harris）他著《俄林普斯的溯源》一书，研究希腊神话，为神话研究的实演的模范。他的研究法是经过祭仪以观察神的性质，由此以推神的观念之进化。

（十一）爱略特·斯密司（G .Elliot Smith）他著有《古代埃及人与文明之起源》（The Ancient Egyptiansand the Origin of Civilization），说明他的埃及人种观。《古代文化之移动》（The Migration of Early Culture）一书，则记叙他的文化传播说。《龙神的进化》（The Evolutionof the Dragon1919），《象神与土俗》（Elephants and Ethnologists 1924）二作，对于研究神话与民俗的贡献甚大。

（十二）贝利（W. J .Perry）他的神话学说，见于所著《印度勒西亚的巨石文化》（The Megalithic Culture of Indonesia 1918），《太阳之子》（The Children of the Sun 1923），《咒术与宗教之起源》（The Origin of Magicand Religion 1923），《文化之成长》（The Growth of Civilization1924）诸作。

（十三）阿尔伯特·丘吉华（Albert Churchward） 他祖述

（Creuzer）氏的学说，在神话学界中，开拓了象征一派（Symbolism）。他的著作有：《共济组合之起源与发达及人类之起源与发达的关系》（1920年），《人类的起源及发达》（1921年），《宗教的起源及进化》（1924年），《原人的记号及象征》（1910年）等作。

（十四）以上已略述近代的神话学家，此外尚有梯耳（C. P.Tiele1830—1902），培因（E. J.Payne），李纳克（S.Reinach）诸人，对于神话学界都有相当的贡献。

第四节 神话学与民俗学、土俗学之关系

关于神话学与民俗学、土俗学（Ethnography）的关系，在人类学者之间，有种种的议论，兹择其重要者分述于下。

据施彭斯氏对于神话学的解释，有狭广两义。以神话学为讨究神话、民谭、古谈的学问，是狭义的解释；此外以神话学为讨究习俗、信仰、技术的遗形的，是广义的解释。就广义的解释说，神话学与民俗学的领域殆难分别。本来神话学是说话的学问，而民俗学则为行为的学问，二者本为同元，可以由两方面下观察。将神话学与民俗学合并，称之为神话学；或称之为民俗学。就名称说，无论用哪一种都可以的，都可以看为研究原始人的思想及行为的科学。关于此二者的关系，神话学家戈姆（G.L.Gomme）曾说："第一的必要是定义，在传说里，合有三个分科，如利用既成语去探讨这些分科的真义，则可以知道，神话（Myth）是说明属于人类思想的最原始的阶段或自然现象；或人间行为的。民谭（Folk-Tale）较前者更进一步，

它是保存于阶段的文化环境中的遗形，是取材于无名人物的生涯的经验：及表现于插话里的原始时代的故事与观念的。古谈（Legend）是关于历史的人物、土地、事件的故事。"戈姆氏此说，他以为此三分科是属于文化的三阶段，神话是遗物，民谭是残形，古谈是历史。此三分科不拘任何阶段，都属于民俗学的范围以内，但可以补助的用神话学来处理它们。如果民俗学把说话（即神话、民谭、古谈等）除掉，只取原始的习俗、信仰，与技术的遗形，则民俗学与神话学的界限很是明了。施彭斯氏之说，较之戈姆的更容易了解。他说："神话学是研究曾经活着的信仰的当时的宗教——即原始形或古代形的宗教。民俗学则是研究现今所行的原始宗教或习俗。据学者们的意见，神话学与民俗学殆视为同样。"他更说明二者的研究对象如次。

古代人的原始信仰＝神话学的对象

近代人的原始信仰＝民俗学的对象

原始人的原始信仰＝神话学的对象

由此看来，则神话学与民俗学的差异便可明了了。即是说神话不是近世的宗教科学，是神话的科学，以原始人、古代、野蛮人对于事物本质，想象或思索的结果表现出来的宗教信仰，为它的研究的对象。神话学不是近世的宗教学，不是哲学，也不是神学。施彭斯氏视神话为化石（Fossil），以民俗为遗形（Survival），由此看来，二者的区别是明显的；不过二者都是以原始信仰为研究的对象，以二者合而为一也无有不可。

其次的问题，就是神话学与土俗学的关系。有人说民俗学与土俗学是一种东西，一般称为土俗学的，即是地理的与记述的人类学之别名，以前常以（Ethnography）一字译为人种志。肯氏（A.H.Keane）论土俗学道："土俗学在严格的意义上，与其说是科学，不如说是文学，是纯粹的叙述的东西。它所研究的是民众的特性、习俗、社会状态及政治状态等，体质的问题与血统不与焉。"据肯氏之说，则土俗学所研究的范围，有民众习俗的一项，且含有社会状态的一项。其所系甚广，以衣服、食物、住居、各种工艺、技术等为始，连宗教的习俗、传统的故事等包含于其中的也多。在一方面，神话学自然同民俗学生了密接的关系；他方面也和社会学、工艺学有交涉。土俗学既研究宗教与神话，所以神话学当然是土俗学的一分支，与宗教学、民俗学成立姊妹关系。他们都是"人类学的科学"（Anthropologic Science）中的一分科，试将它们的关系列表如下。

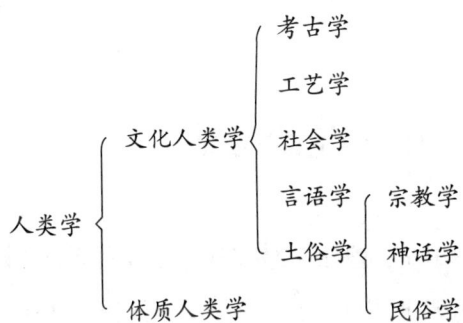

上表中的神话学与民俗学合并，可以成为一个传说学（Science of Tradition）。由此表看来，神话学与民俗学成为姊妹关系，二者又与土俗学有分合的关系，且又皆为人类学中的一分科。

此外神话学又与宗教学、史学有关系，兹从略。

第二章　本论

第一节　神话的起源

亨利·伯特氏（Henry Bett）曾在原始人对于自然现象的解释里，研究自然神话的起源，为要证明这一点，他记出客夫族（Kafir）的一个智者与非洲旅行家阿卜洛塞（Arbrousset）的谈话："客夫族的一智者色克莎，对非洲旅行家阿卜洛塞说，我饲养家畜十二年，每当黄昏，便坐在石岩上思想。起身后想解答各种疑问，然而不能回答。我的疑问是：谁人造星？什么东西支持着星？水从朝至晚，从晚至朝，不断地流来流去而不疲劳，他们在何处休息？云自何处来，何处去？为什么降雨？谁送来了云？我们的神不送雨是确实的，为什么神制造那些东西没有什么计划，我们要上天去试探；因为用眼不能够看得明白。我不能够看见风，他是什么也不知道。谁叫风吹，叫风狂暴，来窘害我们呢？我又不知道树的果实怎样来的。昨天野外没有草,今天已经青绿绿的了。是谁把产物的智慧与力给土地呢？"自然,这一段话是代表野蛮人的程度高的一方面的思想的,是在未开化人中所不得见的思索的怀疑的态度。可是在发达的初期的阶段,那样的探究心,是因为要了解一切的谜而产生的怪幻的说明,这是明显的。伯特氏以为使神话发生的动因,乃是人间的探究心,这是神话起源观之一。以下再分述神话发生的因缘、构成等。

（一）神话的胚子 关于神话发生的动因,学者有各种的说法,或说是空想（Fancy）；或说是思索（Speculation）；或说是经验（Experience）,然而在人类的意识作用里,这些都是并行而在一起活动的,所以要在他们之间分出明显的界限是不容易的。

（甲）经验动力说（Theory of Experimental Factor of Myth）此说为贝利博士所倡,他说：从旧石器时代的古时起,人类所有的观念,悉由经验而来,非由思索而来。人们对于自己直接有关系的题目,常加以探究。好奇心并不成为使人们无差别的对外界穿凿的原动力。其指导动力,乃是由于个人及社会的经验,即规定人间思想之形的两个经验,结合而供给出来的。他以经验为神话的胚子,故名经验动力说。

（乙）想象动力说（Theory of Fanciful Factor）此说为泰娄氏所倡,他以神话的动力为神话的想象（Mythic Fancyor Imagination）,此想象以关于自然与人生的实际经验为基。想象一语,看去似乎是自由无拘的,是诗人、故事作者、听众随意作成的,实际上是祖先以来传给他们的知识遗产。即是泰娄氏以发生神话的动力,为基于经验的想象。他除以基于经验的想象为神话的动力而外,也以知识（Intellect）为神话的起源及最初发达的原因。结局虽以知识与想象二者,视为神话的动力,然其真意有知识的想象之意,故贝利氏之说,为想象动力说。

（丙）思索动力说（Theory of Speculative Factor）以上是泰娄氏对于自然神话所说的，他又特别有哲学的神话（Philosophical Myth）的命名，以其动力为思索（Speculation）。他说："人对于他所逢着的事件，便想知道那事件为什么活动，又人所探索的事物的状态，何如为甲，何故为乙，有这样的愿望。此愿望非高级文明的产物，可视为有低级文明的人种的一个特质。即使在粗野的野蛮人之中，在不为战斗、竞技、食物，或睡眠所夺去的时间，他们都想有以知的欲望而得满足的要求。连波妥库夺（Botocuto）与澳洲土人，在实际的经验之中，也含着科学的思索之芽。"泰娄氏以思索为神话的其他的动力，故名思索动力说。

（二）神话构成的机缘　以上已说过使神话发生的胚子（Germ），现在说到促进深化发生的机缘（Motive）。

（甲）言语疾病说（Theory of Disease of Language）此说为马克斯·缪勒（Marx Muller）所倡，他的意思以为思想与语言互相表里，二者常相影响，在二者互相反映之间，则陷于一种病的状态，这便给神话的发生以机缘。例如曙神依峨斯（Eos）一语，本为古代印度语的乌斜司（Ushas），乌斜司的语源为瓦司（Vas），有"照"的意思。依峨斯一语，实含有"照彼物""照他""照她"诸意。在我们看来，"曙"不过是晨光，或反映于云的太阳光。然而这种表现，则非古代语言组织者的思想。古代人组织了"照""光"（即依峨斯）等意味的单语之后，语言渐渐进化，便会表白出依峨斯回来了，依峨斯飞了；依峨斯归来了吧；依峨斯醒了；依峨斯强健我们的生命；依峨斯使我们老；依峨斯自海上升；依峨斯是天空的儿女；依峨斯为太阳所逐；依峨斯为太阳所爱；依峨斯为太阳所杀，等等语形了。若问这是什么缘故，就答是语言的疾病，这就是神话。

（乙）泛灵说（Animism）泰娄氏以神话的构成，在于泛灵说与拟人，即人格化（Personification），即是说原始人将自然现象视为有生命的，而赋予人格，他们视日月星辰与人同样是生活着的；且是有灵的。例如说太阳是男性，月亮是女性，月亮是太阳的妻子，由此以构成神话。

（三）神话发生的时代 神话的构成，起自何时，是重要的问题。我们大略可以推定神话发生的时代，却不能知道仔细的年月日。神话学家对于这个问题，有四种不同的学说。

（甲）泛灵时代说（Theory of Animistic Stage）指泛灵说存在于一般人类的意识现象之时代，但也有学者反对此说，以为此时神话不能构成。

（乙）多神教时代说（Theory of Polytheistic Stage）吉芳斯氏反对泰娄的泛灵时代说，他断定神话产生的时代，在多神教时代，因为神话是原始人所有的多神的信仰的反映。

（丙）诗的冲动发生时代说（Theory of Stage of Birth of Poetical Impulse）此说为洛勒斯登氏（T.W.Rolleston）所主张，他说神话的构成，在于分布一般民众间的自然力或超自然力之共通观念，被要求表现的冲动所激动的时代。

（丁）表情语言时代说（Theory of Stage of Gesture-Language）丘吉华氏在《宗教的起源及进化》里，曾暗示神话发生的时代。他说："神话、象征、数的起源，一切均应求诸表情语言的阶段。因为表情语言，是表现某种姿态的最初的式样。最古代的埃及象形文字，就是由直接表现或摹仿所得的。即在后代，象形文字尚当作指示的表意文字而继续存在，其字形虽已充分的发达，然自表情符号以至字母的进化过程,完全留着痕迹的。"丘吉华氏虽没有明显地指出神话的构成时代,但也可以暗示他的学说。

(四)神话的发源地 关于神话的发源地也有各种的学说。神话是自发的产生于各民族间的,自然不能以一民族的神话作为准则。兹举出三种关于神话的发源地的学说于次。

(甲)自发的发生说(Theory of Spontaneous Generation)或独立起源说(Theory of Independent Origin)此说为泰娄与他同时代的学者所酿成,吉芳斯也是其中的一人。他们视神话为共同社会里的共通的意识,在各共同社会(Community)里,发生了各种的神话。神话是某时代的民众所有的神的观念之表现,因此各地方所特别信仰的神——即地方神(Local God)的观念,当然在各地方变成神话而表现出来。所以神话的发源是自发的、是独立的。

(乙)神话传播说(Theory of Mythic Diffusion)可是在非常远隔的两地,民众也没有什么交涉往来;他们却有结构相同的神话,这便不能用前说去解释了。例如魔的逃走故事(Magic Flight)、洪水故事(Flood Legends)、两头鹫故事(Double-head Eagle)等,它们的传播区域很广,是不能够以独立发生说去解释的,因此有神话传播说。倡此说的,如克洛勃教授便是其一,他以为神话不能与文化史分离,可用同一的推理去论它。神话是从神话中心传播到其他末梢的,在不同的民众,不同的大陆,而有相同的神话的存在,便可证明神话的传播,与文明的传播相似。

(丙)人心作用同似说(Theory of Similarity of Mental Working)此说也是泰娄氏所主张的,他说异民族与远隔期域的神话一致,乃是根基于人心作用的同似。

(五)神话的作者 我们对于神话的发生如已没有疑义,则可知神话的作者当然是原始人或野蛮人。文明神话虽较野蛮神话有若干的进步，但混有野蛮的要素。进步的神话的组织，也并不是属于程度怎样高的文化阶段。只是神话的作者果系什么人，对此问题，能下明确解答的人很少。我们不能承认神话是在一个时候由一个人作成的。它是经过长期的年月，是筑在多数人所堆积的经验上的，不知的世界之说明。克拉格曾论神话的生长说："神话如玉匠磨石造玉一样，不是一时成就的。正如樫实变作樫树，松实变作松树似的生育，神话是小种子渐次生长的。培育神话的土壤，是若干年代，若干年代以前的原始人的心。"这明明白白是说神话不是一个时候，一个人，在一个地方作成的，乃是，共同社会的共通意识，在不知不识之间凝成，成了定形，由共同社会的民众而语传的。

（六）**神话的内容** 说明神话的内容，即是说明它的本质。关于这个问题，有下列各种学说。

（甲）**神话反映说**（Reflection Theory）对于神话的内容，有的说是空想；有的说是事实；有的说是事实的反映，——即神话反映说。克拉格氏说："神话不是真实的，虽含有若干真实的要素；它们并非实际的真实，不过在作成他们的人，以为是真实的罢了。"这话的意思就是说神话是真实的反映。

（乙）**神话史实说**（Historical Fact Theory）主此说者以泰娄为最，他以为神话即史实，神话是人类生活的反映，是将人类生活放在时间的与地理的序位而叙述的历史。他分神话为两类：一类是说明自然现象或自然力的自然神话，他一类是说明人类社会生活现象或生活力的文化神话（Culture-Myth）。后者即是历史，前者说它是历史虽有多少的疑点，然古代人或原始人都将自然现象视为与人类同一，而将它人格化。对于它们的说明也没有离开人类生活。泰娄曾说：

"横亘在自然生活与人类生活间的类似是深而且近的，长久间为诗人哲学者所注目，对于它们的明暗、动静、生长、衰变、分解、甦生，在譬喻的形式或议论的形式，他们继续说出来。"由这话可以知道自然神话与文化神话的关系。神话无论是自然的说明或文化的说明，都是在人类生活的规范里，不能离开人生，所以神话是表现人类生活——即历史的。

第二节 神话的成长

神话在本来的性质上，一度发生以后，不轻易变化，虽是事实；但神话传承下来，从古代到现在，从一地到他地，从甲传乙，在继承、分布、传播之时，是要起多少的变化的，这就是"神话的变化"。在变化之中，便宿着神话的发达。神话成长的过程及衰亡，大略如次。

（一）**传承的种别与形式**　神话在发生时的原始时代因没有文字，一切的传达全赖口传的方法。口传（Oral Tradition）对于传达的目的物，使它变化的动机很多，神话也不脱此范围。口传就是口头传述的意思，大别为三种。

第一，继承（Trasmission）从古代到近代，从原始时代到文明时代，取纵的方向沿时间之流而继承下去。这种继承，需要居中作介绍的人类是不用说的。时代既进，发明了文字，神话可以记录，口传的形式便中止，于是继承因以中绝。继承中绝，则神话便硬化而成化石，它的发达便停止了。

第二，传播（Diffsion）从原始人到文化人，从古代人到近代人，由人传播开去。这样的传播是用口传,所以多变化,使神话陷于混乱的情形颇多。传播的广度与速度极大,从东半球到西半球,从石器时代的民众到金属时代的民众,以人为媒介,将时与地二者交叉着纵横的扩布。

第三,分布(Distribution)从甲地到乙地,从一大陆到另一大陆,越野,越山,越海,以人为媒介,横的散布于地球的表面。

这三种的差别,以时、人、地三者维系神话的传承,但并非各自存在,三者常同时活动,神话的传承,因以到今日。今日的文化,是过去了的文化的堆积,今日的我们灿烂的世界文明,所负于过去祖先们的神话之处甚多。神话的传承在文化史上,有重大的职责,是极可注目的。神话之所以能传承,则全赖话术(ArtofStory-Telling)。

(二)变化的方则　神话的变化不能离开文化传播的方则。神话常受借用(Borrowing)与同化(Assimilation)两作用的压迫,而起变化。变化的形式虽有多种,可大别为异化作用(Dissimilation)与同化作用(Assimilation)二者;或别为自然的变化(Natural Change)与人为的变化(Artificial Change)。

自然的变化,是由于地理的环境一类的机械的动力,无意识的,无时期的所赍的变化。人为的变化,是因为社会的环境,例如政治上、道德上的目的,有意识的改变构成的变化。参与这些变化的是人,变化的动因则各不相同,其式样如次。

(A)地方化(Localization)此为神话变化的一现象,时时遇着的。它的动因为地理的环境,给神话以部分的变化。例如传说中的天鹅,在某处变成了海豹;在某处变成了狼;或变为鸽、蟹、鸭、鹰,随各地方民众所亲的动物而变化。

(B)风土化(Acclimatization)与前述的地方化相似,惟前者被化于风土；此则使驯化于风土，人间的意旨加进了许多。这种变化常与后列二种变化共同活动。

（C）统一化（Unification）常因政治上的目的，起人工的变化。例如希腊神话不适于罗马人时，则改造使适合之类。当此时，本来神常与输入神一致。

（D）道德化（Moralization）原始时代作成的神话，不适于新时代的民众，或觉不道德，则改造它，使它成为道德的。希腊神话以后的神话，时常遭受这种运动，使神话陷于混乱。如中古的僧侣及其他的神话解释者对于希腊神话的改造是其例。此种变化，有的人又称为合理化（Rationalization）。

（三）发达与衰灭　神话的发达（Development）与神话的变化（Change）虽可同视为一；但亦可区别为二。即是前述的变化，是被起于神话传承间的外界的动因所刺激而起的。这里所讲的发达，是指神话本身所有的内界的动因而起的变化。故前者可称为外的变化，后者可称为内的变化。神话的发达史与宗教的发达史相似。只是神话不是宗教，不过是宗教的反映罢了。

神话的发达，可分为下述的四阶段。

（甲）泛灵的神话（Animistic Myth）在原始时代，他们说明人格化的神，以人格的存在为一要件。人格的存在是由泛灵观产出的，所以原始神话可以视为泛灵的神话。

（乙）物神崇拜（Fetishism）神物（Fetish）的崇拜是全世界的野蛮人都有的信仰，他们相信精灵或超自然的存在是寄托于某物的。如木、水、石等在野蛮人看来，都是精灵的住家。物神是从神发达而生的，但二者之间俨然有别。神是保护者，应允众人的祈祷；物神是专有物神的个人，是属于某部落的精灵。表现物神崇拜的物神神话（Fetishistic Myth），为数不多。

（丙）图腾（Totemism）这是神话中常常表现出来的宗教相。图腾是在传说上，与某社会群结合的动物、植物或无生物。这种社会群从图腾所得他们的群名，以一种图腾作为徽章。属于那一群的人，都以为自家是图腾动物或图腾植物的后裔，或亲属。因为他们与图腾之间有拜物的宗教的结合，于是图腾群的人，除了祭仪与一定时间之外，不食他们所崇拜的图腾动物。反映这种宗教姿相的神话，可名之曰图腾神话（Totemic Myth）。图腾神话很多，如罗马神话中的周比特与勒达的故事（周比特变为天鹅）便是其例；埃及的神都有动物的头，所以是图腾的。这种图腾神话，是反映古代社会宗教的生活的。

（丁）多神的神话（Polytheistic Myth）多神教是一种宗教相，信仰带有各样属性的，强大的一群神祇的存在，如埃及神话与希腊神话，便是把那些神祇所带着的属性与种别人格化的神话。

（戊）一神的神话（Monotheistic Myth）一神教是崇拜独一的神的宗教的阶段，它是从多神的信仰进化而来的。一神教的信仰常由一国传播他国，更进而至世界各地。如关于基督教的神的神话，便是表现这种过程的一神的神话。

以上五项，是神话的发达阶段。因为时代的进步，人类知识的增加，宗教的信仰也起了变化，如舍弃泛灵观与图腾制；从泛灵教至多神教，由多神教变为一神教，神话也与此相同，原始的神话已发达为文明的了。原始的被舍弃、被遗忘、被改作，或堕落而为民间故事与童话，不过仅存残骸而已。即是文明的神话，也到了被进步的科学的炬火所照的时候，它的黑暗部分，已非被照穿不可了。

神话的时代，已经是过去了，到了现在已成了化石，正如由人体化石以调查人类过去的体质一样,由神话(即人类过去的文化的化石)以研究人类过去的文化的日子已来临了。信仰的化石与知识的化石的神话,在很远以前已衰灭了,将它的残余留在民间故事与童话里。诚如泰娄氏之言,"神话的成长,已被科学所抑止,它的重量与例证正趋消灭,不单仅是正趋消灭,已经是消灭了一半,它的研究者正在解剖它。"换言之,反映信仰的神话,与宗教或命运相同;反映知识的神话,已让它的生命于科学而闭锁它的历史了。

第三节 神话的特质

神话是总称,分析之余,有关于诸神或英雄的神话;有关于自然现象或社会现象的神话;内容虽各不相同,但各种均有一共通点,我们由此可以知道神话的特质。神话的特质,可分为五。

(一)人格化(Personalization)表现在神话里的主人公必须是人格化,这是神话的第一特质。神话里所叙述的主人,不管是神祇或英雄,都必须是拟人的,他们有人格,即是人间实生活的反映。所表现的人格虽有差异高卑,但乃是社会的反映。希腊的诸神,反映希腊民族的思想;克尔特(Celt)的英雄,反映克尔特族的生活,因此低级的原始民众的神话,反映原始社会;高级的文明民众的神话,反射文明社会。希腊的神话,与澳洲土人的神话是大相径庭的,其原因也就在于此。这种差异,造成它们各不相同的神话,与他们所保持的社会文化程度相应而产生。不问程度的高低如何,他们所语传的神祇与英雄,所经过人格化的观念则如出一辙。这种人格化是根基于原始人胸中所宿的有灵的心状（有灵的心状即是使神话发生的动因），因为他们视一切为有灵，便将一切视为有人格的存在。

（二）**野蛮素**（Savage Element）　野蛮的要素即非文明的要素的意味，意指许多不合理不道德的分子，包含在神话之中。不拘是述神祇的故事或述英雄的故事，神话总是在原始时代作成的，纵令有些是在文明时代由文明人语述的，但在文明人，那神话也是从祖先（自然人）所留下来的遗产（Legacy），所以神话里充满不合理的，野蛮的观念，是当然的。神话的野蛮素，毕竟是神话时代的社会生活的投影，因为要探究投影于神话的实物，遂可视神话为原始社会生活反映于诸神及英雄之物。包含在神话里的野蛮素，据马克斯·缪勒氏之说，他以为是"一时的发狂时代"（Period of Temporary Madness），这时代是人类的心所不可不经过的，即是原始人的一种幼稚的心状。施彭斯氏则以为野蛮素是野蛮人及无教育者所有的"小儿的性向"（Child-Like Propensity），吉芳斯以为是一种"未熟的心"（Immature Mind）。这两者都是原始人所有的原始心状，在制造神话的时代，语传神话的时代，没有人以为是不合理或者野蛮，大家承认、首肯、传承，成为一个或一个以上的共同社会的共同意识。这种意识状态，决不是异常的，也非变态的，是通常的而且正则的。

（三）**说明性**（Explanatoriness）神话的第三个特质就是有说明性。围绕原始人的自然与人，及他们所见闻的自然现象与社会现象，在他们都引起了惊异与注意，继而成为发生疑问的原因。惊异注意等意识作用，当然成为疑问，占据在他们的脑里。是非解答不可的，解答即是说明。原始与小儿同，他们对于许多的"何故"，加以解答，造了关于星与动物等的故事，把故事在村里的会所或火炉边述说，以安慰他们黄昏时的寂寞，对于不能说明的各种现象，都加以简单而富于兴趣的说明。

（四）**形式美**　形式美是神话的第四特质，是指表现的方法，适合美的定则之谓。神话的表现形式在于谈话（Telling），虽是散文体，但并不是平铺直谈（Straight-Forward Prose Talk），乃是多少有节奏，有旋律之韵律的谈话（Verse Talk），谈话有它的整然的调子（Intoration），若无调子则不便记忆，也不足以感动听者。这种韵律的调子，就是形式美，为神话的特质之一。

（五）**类似相**（Analgousness）世界上有若干的民众，他们各有各的神话，神话的种类虽多，但探讨它们加以比较，便能发现一种神话与他的完全类似，这便是类似相，为神话的第五特质。神话里有类似的缘故，其原因在于近世文明的进步，科学的光芒，照射到世界的暗隅，无论怎样远隔的低级民众神话也可以知道。比较的材料，在数量上扩大，由于充分比较探讨的结果，便知道神话中的类似。至于问到各地的神话何以会相似，则有二说：一为人心作用同似说，因为原始人的心状是同一的，在同一时代，有同一情节的故事，在这里那里被造成功。二为传播说，神话由中心地移传到别的地方。传播以后，经过长年月，有的被侵蚀，发生变化；有的仍有永久的生命，所以相似。

以上是神话的五个特质，再简括言之，就是——"神话的发生过程，是因野蛮时代，说明疑问，将主题人格化；用美的形式传述，殆全无变化的传播各地，在这里都可以看见类似的神话。"

第三章 方法论

第一节 序说

一切的学问是由研究而成立的。学问的研究,又需要一定的对象。对象的研究,有一定的方法,对象与方法足以规定学问的职能。神话学一科,也不能离开这个范围。前面第一章已讲过神话学的研究对象与职能,第二章已探讨神话的发生,成长,从历史上去考察。现讲方法论,说明神话学研究的态度与手续。

神话学的研究对象,虽以神话为主,尚应以民间故事、古谈、习俗等做副材料。用什么样的方法去搜集材料,就用什么样的纲目分类,以怎样的态度研究,说明这些,就是本章的目的。具体的研究方法,可以分为三种。

一、材料怎样搜集 = 搜集(Collection)的方法。

二、材料怎样分类 = 分类(Classification)的方法。

三、材料怎样比较＝比较（Comparison）的方法。

上列三种方法是等价的，分述如次。

第二节 材料搜集法

神话学的研究材料，应以神话为主。神话是神话学的核，它有时不是独立存在的，是与民间故事、古谈、习俗等共存的，即使不共存，也常立于相互感化的位置。神话学的材料，可用下表显示出来。

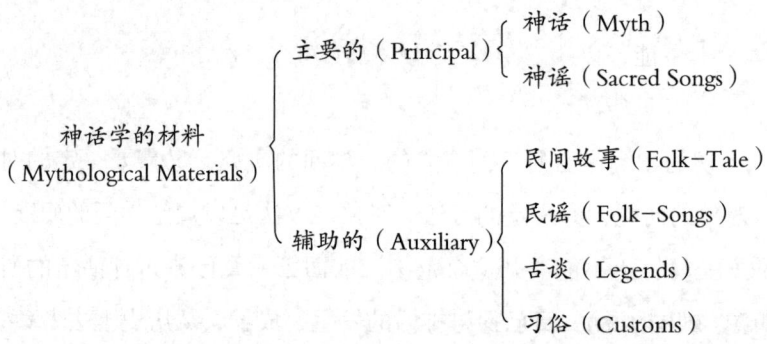

以下便依照这秩序，说明材料搜集的方法。

（一）**主要的材料**　神话的搜集是很困难的，对于在某时代已用文字记载的，应该尽量搜集，勿厌重复。因为本源与分歧的关系，在许多场合，是在重复之间看出来的。属于这种的，称叫成文神话（Myth Written），文明的民众，大抵都有的。只是它们有"统一的"与"非统一的"之别。有统一的称为神话组织（Mythology），非统一的单称为神话（Myth），这就是二者的普通的区别。如希腊神话就是丰美的神话组织，日本神话则仅为神话。当搜集材料时，无论哪一种，都应该采取，不管它的价值如何，只要数量多。数量多是搜集的第一秘诀。不成文神话（Unwritten Myth），流传于山僻的无文字的人间，时含有多量原始的价值，以直接从民众的口里采得的为正确；否则也可由旅行者或民俗学者们间接取得。搜集的第二秘诀是"正确"。

神谣是赞歌（Hymn）与关于诸神的行动属性的歌谣之总称，有记录的与口传的两种。这类的搜集法与神话同，最便宜的方法是当祭礼仪典举行时，到神社去采集。搜集的第三秘诀是"时"。

（二）补助的材料

（A）民间故事是起源于神话的，是在文明民众之间，照原始的残存着的传说。以未经记载的为普通，搜集时极感困难，一一直接采集更不可能，以嘱托各地的有志者搜集为便。近来各国都有专门的杂志，又见于随笔、纪行文、地志、指南等，广泛的涉猎这类的书籍杂志，是很要紧的。但不必定要现存的，在最近的过去所记录的也可采用。搜集的第四方法是"亲切"。

（B）民谣虽没有民间故事的有用，但它的譬喻等原始的表现，可以助神话的说明，可当作补助的材料使用。这种有原始的价值的东西，已经大部分被采集了，山间海边也许还有遗漏的，以尽量地多搜集为妙。民谣是很简单的，有时只不过存留断片，也有意义难解的。应从各地采集。搜集的第五秘诀是"广泛"。

（C）古谈在各地大抵有一两种传述着，无论关于土地的也好；关于人物的也好，只要是关于实在的事物，就应无好恶的搜集。古谈虽是琐絮的，但有时可借以知道未知的历史的事实；或者已知的历史的事实被它消灭的，当搜集时，选时不可加以好恶之感。搜集的第六秘诀是"公平"。

（D）关于习俗，在这里本可不讲，兹略加说明。这里所谓习俗，是指行于民间的，或曾经行于民间的共同习惯（Common Usage）；造成它（或曾经造成）的动因，是信仰（Belief）或迷信（Superstition），由传统力（Traditional Force）而存在（或曾经存在）之物的总称。严密说来，如加以形容词就是传统的习俗（Traditional Custom）。神话学的材料以说话为主，神话虽占主要的分子，但除当做补助分子的民间故事、古谈之外，如采用与说话有姊妹关系的习俗，也是应该的。神话是过去的文化，是生活的历史，这种神话因为忘却或遗失而远于理解时，习俗可以作引导它们到理解之用。

习俗的搜集以部落为一单位，一部落之中，有习惯特异的家族，他们常常对于特殊历史的存在之证明，极有益处，因为可以帮助被忘了的神话之说明，应该用绵密的注意去调查。值得调查搜集的习俗，不单仅是宗教上的定期的行事与临时的行事，凡显示一般社会关系的，应尽最多搜集。有时在细微的物事之中，含着无限的历史的意义，因此不宜加以轻率的批评。关于事物的生活式样，不拘什么，应详细记录，或者摄影以期无遗漏。搜集的第七秘诀，便是"绵密"。

除上列四种之外，可搜集的补助材料尚多，极端说来，人间生活的一切，都可以作神话学的研究材料，可不必列举。其中如童谣（Nursery Rhymes）、童话（Nursery Tales）、谚语（Proverbs）等，传统的很多，常具有神话的起源（Mythic Origin），可以搜集，作为神话研究的补助材料。

第三节 神话分类法

既已搜集材料,则应依据一定的标准,一定的手续,适当的处理它们。适当的第一处理法,就是分类(Classification)。若分类不得法,则所搜集的材料是死的。神话的分类是极困难的问题,有时失之烦琐,有时失之概括,兹分类如下表。

神话分类法
- (一) 地理的(Geographic)
  - 一般的(General)
  - 特殊的(Special)
- (二) 历史的(Historic)
  - 原始的(Primitive)
  - 文明的(Civilized)
- (三) 本质的(Substanial)
  - 自然的(Natural)
  - 文化的(Cultural)
- (四) 题目的(Thematic)
  - 无机的(Inorganic)
  - 有机的(Organic)

兹照上表的秩序,加以简单的说明。

(一) 地理的分类 地理的分类,是不拘神话的内容如何,悉从地理的分布而分类的方法。一般的神话，是指世界总体的神话之意，亦即世界的（Universal）之意；特殊的神话，是由国家或民族区分的，如德国、日本、印度、波斯的神话等是。一般的神话是发现类同以求进化原理的"一般神话学"或"比较神话学"的材料。特殊神话是研究神话的进化过程的"特殊神话学"或"国民神话学""民族神话学"的资料。二者的差别，在于地域的区分，本质上无何等差异。均可供研究异同的资料之助。

（二）**历史的分类**　前者是横的分类（Lateral Classification），此则为直的分类（Vertical Classification）。即是不注重神话的分布与题目。依神话发达之历史的过程，以究文化进步的阶段。第一种为"原始的神话"，已发生而尚未长成的神话均属之。原始神话又名野蛮神话，若尚未聚集各个体以成有体系的神话群（Mythic Group）也可称为"独立神话"。此种神话，是单独的神话，未成为神话组织。它是当作一个神话存在的，所表现的不过民众生活的一部而已。文化价值之少，是不用说的。可是原始神话为一切神话的基础，无论什么神话组织，非一次通过此阶段，则不能成为有体系的，所以将它当作神话的基础的材料，是有用处的。第二种是"文明的神话"，这种神话在发生后已充分成长，不仅失其原形，其各个体生了相互关系，成为个神话群，所以又可以称为体系神话（Systematic Myth）。独立神话显示古代社会、古代宗教、古代知识的一部分，体系神话则显示它们的全部。文明神话较之原始神话虽是伦理的、合理的，但也包含着若干的非伦理的、不合理的要素，神话的进化过程，借此可以阐明。即是文明神话，不单只是反映它们所作成的比较的高级的古代社会，也反映自低级社会到高级社会的过渡的途程（Transitional Course）。

探讨希腊、罗马、印度等有体系的高级神话者，是为高级神话学（High-classed Mythology），反之，探讨如南洋、南北美、澳洲等处土人的无体系的低级神话，是为低级神话学（Lowclassed Mythology）。从神话学的价值看，在近代的一点上，以低级神话为基础的神话学，较之以高级神话为基础的神话学，更有意义。神话学的最近的倾向，可说是以野蛮神话为主要材料。

（三）**本质的分类** 地理的分类(横的)与历史的分类(纵的)相交，是为本质的本类，即纵横相交的十字分类（Crosswise Classification）。以神话的本质为准则，可分神话为自然的神话（Nature-Myth）与文化的神话（Culture-Myth）二种。

自然神话或称天然神话，是为说明自然现象或自然力而作成的故事。原始人最先所惊愕，怀疑的，是围绕着他们的自然。他们对于蔽掩于上的穹隆状的天，与虽有起伏而大抵为平地的大地；与及二者之中的人，思索这些的关系，由此疑问便产生自然神话。他们以天为父，以地为母，人是二者的子孙，此三者的疑问已解决，于是第一种的神话便成立了。他们的观察更进，至于动植物、日月水火、降雨、吹风、地震等，他们无不想解决这些的因果，由此更产生各种的自然神话。

文化神话亦称人文神话，此种神话，是因为说明人类的精神力，或其作用的社会现象而起的：是古代人对于一切生活式样的起源进化的解释，具体的表现出来的。自原始以来，人类不绝的努力，他们使用的共同生活里所享受的幸福与安定的方法，渐次进步，他们忘记了这种过程，对于社会的习惯与制度起了疑问时，便想解答，其结果便生出了文化的神话。例如人何故产生,何故害病,何故结婚,为何有帝王，为何有奴隶，这些关于人间社会生活的疑问，起伏于他们的胸里，遂尽能力所及，努力企图解答。因为他们没有抽象的观念，一切的说明，都非具体的表现不可，因此便产生了许多的文化神话。

（四）题目的分类法　这种是以主题（Theme）为主的分类，可别为无机的神话与有机的神话两种。前一种，是用一切的无机物为主题的神话，存在宇宙间的有定形（或略有定形）的矿物，不论石也好，岩也好，金属也好，一切均包含于此分类之中，如天、地、海、河、雷、雨、云雾、风等现象，也包含于其中。后一种，是叙说一切有机物的神话的总称。从有机物成立的，有成长、生殖、运动及感觉机能的一切生物的神话，都包含于此分类里面，动植物不用说，关于人类及社会现象的神话，也包含其中。

（五）神话分类的二三例　神话的分类虽有一定的形式，但可以看出若干的共同型，兹举例如下。

第一例见比安其教授（G.H.Bianchi）的"希腊与罗马的神话组织"，此例是依特殊神话学，以神为主体的分类。

第一部天地开辟及神统

第二部诸神

俄林普斯诸神

海及水诸神

天上及下界诸神

家及家族之罗马诸神

第三部英雄

人类之创造及原始状态

地方的英雄传说

英雄时代后期的事迹

第二例 此例是以情节为主的分类，为哈特兰（Hartland）教授所倡。就情节之相同者分类，自百种中求得五十目，由五十目中求十类，由十类中求五型。哈氏本用之于童话，但在神话方法亦同，特举于下。

一、仙魔助产故事（Fairy Birthsand Human Midwives）

二、人妖换儿故事（Changelings）

三、仙乡盗窃故事（Robeoies from Fairyland）

四、仙乡淹留故事（Supernatural Lapse of Timein Fairyland）

五、天鹅处女故事（Swan-maidens）

第三例 这一例是将各种要素交织，集成普通的分类的"综合的分类法"，施彭斯（Spence）氏的分类，便属于这一例，他将神话分为二十一种，重要的神话，必属于其中之一。

一、创造神话（Creation Myths）

二、人祖神话（Myths of the Origin of Man）

三、洪水神话（Flood Myths）

四、褒赏神话（Myths of a Place of Reward）

五、刑罚神话（Myths of a Place of Punishment）

六、太阳神话（Sun Myths）

七、太阴神话（Moon Myths）

八、英雄神话（Hero Myths）

九、动物神话（Beast Myths）

十、习俗或祭仪神话（Mythstoaccount for Customsor Rites）

十一、冥府神话（Myths of Journeysor Adventure through the Under Worldor Place of the Dead）

十二、神圣降诞神话（Myths Regardingthe Birth of Gods）

十三、火的神话（Fire Myths）

十四、星辰神话（Star Myths）

十五、死亡神话（Myths of Death）

十六、死者食物神话（Myths of the Food of the Dead Formula）

十七、禁忌神话（Myths Regarding Taboo）

十八、解体神话（Dismemberment Myths）

十九、神战神话（Dualistic Myths）

二〇、生活起源神话（Myths of the Origin of the Arts of Life）

二一、灵魂神话（Soul Myths）

第四节　比较研究法

既然搜集神话研究的各种材料，将它们分类了，其次则比较也极重要。比较（Comparison）就是对照两个以上的材料，以看出其异同之意。由于各种材料的比较，可以发现它们的类似或差异。第一，类别材料，规定各种材料的基本的要素与分歧的要素；第二，探求材料的变化的过程。基本与分歧既明，再求各材料之分布的路径，借以发现其历史的意义。

比较的研究法，可分为下列的各种。

（一）**统计的研究法**　此法先由题目的分类，以聚集情节相同的神话，从里面选出形式（Formula）比较完全的，以求得若干构成情节的要素。例如天鹅处女故事里，天鹅变成少女，与人间的男子结婚，养了几个孩子；结婚的动因是在于失了羽衣，后来得了羽衣就逃走了，结婚因此破裂。这故事分布世界各地，自不能具备各种要素，有的变化了，或者堕落的。如将这故事的要素分析出来，就是，（a）结婚了的性的种类；（b）男性的种类；（c）结婚的有无；（d）产儿之数；(e)结果等，再于各例中检点它的异同，同似的可以表示原型；差异的可以表示变化，于是这个传说的起源、发达，与衰颓便明显了。这种统计的材料，数目越多越能看出精确的结果。

（二）人类学的研究法 这是站在文化人类学（Cultural Anthropology）的立足点，以研究神话的方法。文化人类学是文化的进化史，所以人类文化，换言之，即反映人类生活式样的神话之研究，当然应为文化人类学的。所谓"文化人类学的研究"，包含考古学的、工艺学的、社会学的、言语学的、土俗学的五方面，是多角的、立体的研究。最近值得注目的研究，多取此种形式。例如斯密司教授的《龙神的进化》（The Evolution of the Dragon）、伯利博士的《日之子》（The Children of the Sun）等作，虽非纯粹的神话研究，却是以神话为中心的人类学的文化史研究。

（三）心理学的研究法 这是对于神话的比较研究，最有益的方法。最近的学界里，社会学、土俗学、史学的研究，都应该用心理学的方法，这是李维斯博士所主张的。他把"心理学的"一语的意义，解释作讨究含有意识的、无意识的二者的心的现象之学问。这样解释，则与人类生活也不能不接触，尤其在神话、民间故事，全然离开心理学的约束的研究，是不可能的。今日的心理学者，仅由内省以研究自己的心的活动状态，已不能满足，必观察小儿、从人、动物的理性，以帮助内省；对于政治的制度、经济的过程、宗教的祭仪，以及其他人类社会的各种技术所表现的集合的习性（Collective Behaviour），也必须勤于观察。如是则神话的世界里开拓新视野，神话学的方法，更精细微妙了。

试举一例，如象征主义（Symbolism）的解释，象征不是野蛮人，小儿所代表的人类思想的雏形，是由梦或病而起的。梦之想象的，非合理的组织，是觉醒时未上意识的欲望与忧虑的象征的表现，这便将象征性给予神话与祭仪。遍在于世界的象征主义，是病理的或准病理的过程，可以将它应用于各人种的神话与祭仪，倡此说的，有杨（Young）、弗洛衣特（Frued）一派的心理学者。但此说在李维斯与斯密司一派看来，则以为象征的世界的使用，是在社会的遗传，弗洛衣特学派的解释，便根本破坏了。

在人类、民族、场所、环境不同的地方，有相同的神话时，对此问题的解释，有两方面：一是由民众的漂泊，从甲地移到乙地的传播说（Theory of Migration）；二是起人心同似作用，独立的经进化的过程的独立起源说（Theory of Independent Origin）。李维斯分独立起源说为两群，一是使"同似"在两根平行线上发达的平行说（Parallelism）；二是受了同似的外界的影响的结果，不同似的遂至同似的近似说（Convergence）。这种心理学的分析，是神话学的方法的根本。

（四）社会学的方法（Sociological Method） 这方法是文化人类学的方法的一方面，在其中占重要的位置。由亲子的爱情，逆溯以至两性相吸引的情欲，被人类协同心培植着，显示无限的发展与转变的社会现象，在它的进步的低的阶段，是神的世界，反映在神话里面。所以神话的研究，应在社会学的条件之下，作分析、综合、比较的研究。

（五）宗教学的研究 构成神话的主体是神，这些神在许多场合是代表信仰的，他的行动是代表习俗的，所以宗教学的方法，在神话研究上，与社会学的方法同样的重要。这种研究法，阅者可参看本书第二章第二节，兹从略。

第四章　神话之研究的比较

第一节　自然神话

（一）太阳神话

人类周围的自然界，为神话发生的根本动机之一；又气象界的现象，使神话的发生有力，也是事实。所以太阳神话，为自然界神话的重要分子。

我国的旧记，有关于黄帝与蚩尤的争斗的记载，在比较神话学上，可以作为天然神话的解释，使这个解释具有可能性，则赖于下列的元素。

> 黄帝与蚩尤战于涿鹿之野，常有五色云气。
> 黄帝与蚩尤战于涿鹿之野，蚩尤作大雾，兵士皆迷。
> 蚩尤幻变多方，征风召雨；吹烟喷雾，黄帝师众大迷。

帝归息大山之间，昏然忧寝。王母遣使者被玄狐之裘，以符授帝。佩符既毕，王母乃命九天玄女，授帝以三宫五音阴阳之略；太乙遁甲六壬步斗之术；阴符之机，灵宝五符五胜之文。

蚩尤作兵伐黄帝，黄帝令应龙攻冀州之野。应龙畜水，蚩尤请风伯雨师纵大风雨。黄帝乃下天女曰魃，雨止，遂杀蚩尤。魃不得复上，所居不雨，叔均言之帝，后置之赤水之北，叔均乃为田祖。

蚩尤是什么呢？因为证据不完全，不能精密的推定。但曾说他征风召雨，吐烟喷雾，纵大风雨，由这点下观察，则他和风雨有因缘，是不用说的。风伯雨师就是风神雨神。率风神雨神以起大暴风雨，即是把暴风雨人格化，因此以蚩尤为暴风雨的神，在神话学上，并非判断的错误。在其他民族神话里，也可求得同样的自然现象的人格化。蚩尤在这里是阻害社会之进步的恶神。故蚩尤（暴风雨神）是破坏和平，降害于人的暴风雨之人格化。

黄帝立在与蚩尤正反对的地位，有人文的英雄神的性质。关于他的人文的事业，记载于古史者颇多。他与蚩尤战争时，王母遣玄女授以兵法，给予神符咒力，助他灭蚩尤，后为垂髯之龙迎接，白日升天。如以蚩尤为人文阻害的恶神，则黄帝当然是人文拥护的善神。在中国古代的传承里，国家最初的元首，大概由名字以表示性格，如天皇、地皇、人皇、有巢、燧人、庖牺，无不皆然。炎帝神农，正如其名所示，为农业的保护神。农业非得太阳的恩惠，不能生存发达，炎帝在这一点，应该是太阳神。黄帝次于炎帝，宰治天下，他的性质，也可从他的名称想象出来。"黄"字可解为太阳或田土之色。

在蚩尤战争的故事里，是暴风雨神的反对，有太阳神的性质。他得了旱魃便杀了蚩尤，在这一点也可以想象。

若以黄帝与蚩尤之争为太阳神话，即太阳与暴风雨的争斗，这说明在根据上甚为薄弱。黄帝为暴风雨神，有较有力的根据，可以这样说，如以黄帝为太阳神，未免是一个臆断。但是这个故事在另一方面，使太阳神话的解释有可能，也不必一定要确定黄帝是太阳神。蚩尤的势力，在纵大风雨这一点，黄帝降魃以止大风雨，蚩尤失了力，便被杀。魃是旱魃，旱是太阳的作用，即是说，由太阳的威力以征服蚩尤，自然神话（太阳神话）的解释，于此可以求得根据，而且这根据是不能动的。此神话在别方面可以作人事神话的解释，但不妨碍自然神话的解释。或者经古代史研究的结果，有纯历史解释的可能，但是也一点不碍自然神话的解释。

希腊神话里有怪物名叫麦妥查的，相貌丑陋，见之可怖，化而为石。英雄伯尔梭斯用智谋征服他，斩其头携归，献于女神亚典那。女神的胸甲上的怪物的脸，就是此物，称曰耶基斯。女神以甲临战，所向无不胜，天下皆畏服。正如黄帝以蚩尤的画像威服天下一样，他以怪兽"夔"作鼓；二者正是同样的笔法，这可称为偶然的类似。

日本神话里有天照大神与素盏鸣尊轧轹的一段，其中有国家的分子、宗教的分子、社会的分子，所含自然的分子更是显明，可作太阳神话的解释。

天照大神的称号，已示此神为太阳神。古史中也屡称此神为日神。"天照"即照耀天空之意，照耀天空的自然是太阳。此神又称为大日灵尊，日灵即日女，有太阳女神之义。关于此神的产生，有如下的记载：伊奘诺，伊奘册二尊议曰，"吾已生大八洲及山川草木，何不生天下之主宰。"乃先生日神，此子光华明彩，照彻六合之内。二神喜曰，"吾子虽多，未有如此子之灵异者，不宜久留此国，亟送之于天，授以天上之事。"次生月神，其光彩亚于日，以之配日而治，亦送之于天。日神是自然的基础的太阳，由此神话可以明白。

古史神话(《古事记》)里，在日、月、素盏鸣尊三神出现一条下，曾说素盏鸣尊的性质——此神勇而悍，常哭泣使国中人民夭折，又使青山变为枯山，使河海悉干涸。由此记载，可知他是一个有强暴性质的神；哭泣是他的根本性质，因为他的哭，使青山枯，河海涸，万妖发，他的哭泣的状态或结果，是十分可怖的。如此伟大的神格，且有自然的基础，则以他为暴风雨神，未尝不可。又素盏鸣尊得父母的许可，将与姊神天照大神相会，升天时，溟渤为之翻腾，山岳为之响震，山川国土皆轰动，这明明是记载海岛国的暴风雨神来的状况。我们认此神话为一个空中神话，或太阳神话，并非没有根据。

（二）天地开辟神话

天地开辟神话，就它的本来的性质说，不可称为自然神话，现在说到它，是借它作例证，说明四围的自然，对于民族神话，有多少影响。

我国的天地开辟，见"盘古"神话，其中可分为两个形式：一是尸体化生神话，一是天地分离神话。现就《五运历年记》《述异记》《三五历记》中举出三个泉源。

> 元气濛鸿，萌芽兹始，遂分天地，肇立乾坤，启阴感阳，分布元气，乃孕中和，是为人也。首生盘古，垂死化身，气成风云，声为雷霆，左眼为日，右眼为月，四肢五体为四极五岳，血液为江河，筋脉为地里，肌肉为田土，发髭为晨辰，皮毛为草木，齿骨为金石，精髓为珠玉，汗流为

雨泽，身之诸虫，因风所感，化为黎甿。

盘古氏，天地万物之祖也，然则生物始于盘古。昔盘古氏之死也，头为四岳，目为日月，脂膏为江海，毛发为草木。秦汉间俗说，盘古氏头为东岳，腹为中岳，左臂为北岳，足为西岳。先儒说，泣为江河，气为风，声为雷，目睫为电。古说，喜为晴，怒为阴。吴楚间说，盘古氏夫妻，阴阳之始也，今南海有盘古氏墓，亘三百里。俗云，后人追葬盘古之魂也。

天地混沌如鸡子，盘古生其中，万八千岁，天地开辟，阳清为天，阴浊为地，盘古在其中，一日九变，神于天，圣于地，天日高一丈，地日厚一丈，盘古日长一丈，如此万八千岁。天数极高，地数极深，盘古极长，后乃有三皇，数起于一，立于三，成于五，盛于八，处于九，故天去地九万里。

上三种泉源，第一第二两种的形式完全相同，可名之曰尸体化生说，或"巨人尸体化生说"。此为世界大扩布的传说之一，大陆国民的天地开辟神话，多有此例。第三种为天地分离神话，天地开辟之初，盘古生长其中，一日一丈，如此者一万八千岁，结果天地的距离九万里，这便是天地的分离。

第二节　人文神话

　　社会的进步与人文的发达的意义，是说人类的历史，可分为无数的时期，如果社会不断的发达，人文永久的进步，则各时期与其前的时期比较，更为完全；但与后来的时期比较，则更为不完全。所谓发达，所谓进步，不过是比较之意，绝对的完全，到底不能实现，在这意义上，一切时代，都可说是不完全的。因为不完全，所以进步、发达。不完全即是走向完全的原因，简言之，不完全生完全；缺如生出圆满。绝对的完全圆满，就是进步的极点：发达的极致，即人文的终极，但社会不能发达到超过这地步；人文不能再越此前进，其结果为社会的终灭；人文的死灭；人类的绝灭，亦即世界的最后，一切皆归乌有。不完全或缺陷，从某点看起来，是社会的不调和之意，是人间的罪过罪恶之意。苟社会发达，人文不断地进步发展，社会便不能免除不调和，人间的罪过罪恶，便也不能断绝。不调和与罪过罪恶成为动机，成为原因，成为因果的连锁似的维系不断，乃能进步发达，这乃是真正的调和，从某点看来，不调和即是调和；缺如就是圆满，充言之，罪恶乃是人文开展的动机。

　　希腊神话的神统论，关于此点，供给吾人以很有兴趣的例证。在以宙斯（Zeus）为首的俄林普斯山（Olympus）顶，诸神均有神座，他们是当时希腊国民的社会神或人文神，是国家的主宰者，社会的拥护者，那山上的神界，在希腊当时的国民，乃是人间社会的理想。然试考察宙斯神界发达的历史。据神话所记，达到最后的这种完全的社会组织，凡经三个阶段。其间有几次激烈的争斗，有流血残酷的事件。固然，自希腊神话的性质说，神话的记事之中，可以看见许多天然的分子，所以可以下自然的神话的解释。若完全解释它为人事神话，是不可能的；然而从他方面观察起来，其神话的根底，实有一种社会观隐伏着。当此神话形式存在时代的希腊国民，无意识的从经验中得到一种社会观，有了"完全的产自不完全"的观念。所以在希腊神话里面，有一种社会观存在，那社会观，就是社会的发达，是不和、冲突与争斗的结果。

希腊神话里的人文神话，由下面所述的一例可以说明。希腊第一次的主宰神是天神乌拉洛斯，第二次的主宰神是天神克洛罗斯；俄林普斯神界之主，亚典那之父——天神宙斯是第三次的主宰神。克洛罗斯是乌拉洛斯的末子，宙斯也是克洛罗斯的末子。乌拉洛斯的宇宙主权倒了以后，主权便移到克洛罗斯的手中，克洛罗斯的世界政治颠覆以后，主权又归诸宙斯的手里，这非如寻常一样继承相续的结果，不过是纯然的一种革命的结果。乌拉洛斯被末子克洛罗斯所杀，克洛罗斯的末子宙斯又用他独特的武器——电光霹雳，以灭其父之军，都是无上的大罪恶，无比的不祥。犯了大罪恶的宙斯，遂掌握第三次——即最后的宇宙政治的主权，他做了宇宙之主、世界之首、神与人的父、受无上的尊崇，尊为最高的人文神。宙斯的罪恶，到了后来成为宗教上的问题，以一个犯大罪恶的神来做国家的最高神，似无理由。但此不过偏狭的道德上的议论，其实是太古的纯朴自然的思想观念，此种观念为神话的根底。

父子的冲突，即前代与后代的冲突，乃是不祥的事件，但此不祥，有时是为大目的的牺牲，不得不忍耐的。如果儿子不能出父的思想范围以外，则人间便无进步可言；后代若墨守前代的思想习惯，一步也不敢脱出，则社会的发达便没有。如其人类进步，社会发达，父子的冲突，新旧思想的冲突，终于不免。冲突的结果，发生了不祥的事件，是不得已的。因为要达到人文的进步，社会的发达这样的大目的，所以有不祥也只好忍受，如杀人流血，不过是对于进步的一种牺牲。乌拉洛斯被杀，克洛罗斯被灭，都是对于进步的牺牲。至于常以主权归之末子，不过是表示凡物到最后最完全，社会经过若干时代，愈近于圆满的思想，这种思想便在神话里表现出来。

但是人类的罪恶是什么呢？关于此点，希腊神话所说与犹太宗教所说的，颇相类似。犹太的旧记里面，关于人间罪恶起源，有明晰的说明。如《创世记》第三章神话的说明便是。

> 耶和华所造诸生物，莫狡于蛇。蛇谓妇曰，"尔勿偏食园中诸树之果，非神所命乎？"，妇谓蛇曰"园树诸果，我侪得食之；惟园之中，有一树果，神云，勿食，毋扪，免致死亡。"蛇谓妇曰，"尔未必死，神知尔食之日，尔目即明，致尔似神，能别善恶。"于是妇视其树，可食，可观，又可慕，以其能益智慧也，遂摘果食之。并给其夫，夫亦食之，二人目即明，始觉身裸，乃编无花果树叶为裳。日昃凉风至，耶和华神游于园，亚当与妇闻其声，匿身园树间，以避耶和华神之面。耶和华神召亚当云，"尔何在？"曰，"在园中。我闻尔声，以裸故，惧而自匿。"曰，"谁告尔裸乎？我禁尔勿食之树，尔食之乎？"曰，"尔所赐我之妇，以树果给我，我食之。"耶和华谓妇曰，

"尔何为也!"妇曰,"蛇诱惑我,我故食之。"耶和华神谓蛇曰,"尔既为之,尔必见诅,甚于诸畜百兽,尔必腹行,毕生食尘。我将使尔与妇为仇,尔裔与妇裔亦为仇;妇裔将击尔首,尔将击其踵。"谓妇曰,"我必以胎孕之苦,重加于尔,产子维艰。尔必恋夫,夫必治尔。"谓亚当曰,"尔既听妇言,食我所禁之树,地缘尔而见诅,尔毕生劳苦,由之得食,必为尔生荆棘。尔将食田之蔬,必汗流浃面,始可糊口,迨尔归土,盖尔由土出,尔乃尘也,必复归于尘。"(据《旧约》文言本译文)

亚当吃了禁树的果实,即人间罪恶的始源。为什么吃了果实便是罪恶呢,同经第二章神谕亚当曰"任尔意食之,惟别善恶之树,不可食,食之必死。"别善恶之树,就是以善恶的分别教人的树子。是如蛇教妇说的,使目明的树子。是给智慧与人之树,给死于人之树。吃了果实以前的亚当夫妇,完全与禽兽同,其目不明,不知善恶的区别,裸体也不知道羞愧。更无觅食的困难、无病、无死。自吃了果实之后,目既明,智慧生,遂知善恶的差别,知裸体的耻。是比较从前,不可不说是很进步了。而此进步,即他们二人的罪恶,因此后世子孙,不得不尝劳动之苦;不能不忍分娩之痛。在痛苦以后,为死神所夺,不得不离开人世。二人的罪恶是不灭的,神的诅咒是永久的,人类遂非永远受罚不可了。

可是反过来说,人之所以为人,在动物之中所以居长;非如其他动物的永久不见进步发达,能够日日进步,不外是智慧之力。社会的发展,与人文的进步,均依赖智慧力。亚当的罪恶,就是在得智慧,智慧是他的罪恶的结果。若以人智的发达,为社会发达的原因，则罪恶不能不为人文进步的动机。着亚当不犯那罪恶，人类终于不能自禽兽的位置进步了。若无劳动，则无发明；无生死，则无新陈代谢；人文便不能萌芽了。这是决不许人乐观的。在这意义上，亚当的罪恶，是使人间界的人文萌芽的原因，他的永世不灭的罪恶，可以解作人文开展的动机，所以不绝的存在于社会里面。犹太旧记富于宗教的思想，为犹太民族的古代的遗传，所含宗教分子之多，是不用说的，惟前面所引的一节，是纯粹的神话，故可从神话学上加以诠释。

以下再引数例，以示"说明罪恶的神话"。

希腊神话里面有一个最勇敢的英雄，名叫赫拉克尔斯（Heracles），关于他的神话的传说，是与希腊国民的意识，紧相结合着的。他的事业，永留于国民的记忆之中。从一方面看，他是纯然的神，从另一方面看，他是纯然的人，可以说他是一个半神半人的英雄神。关于他的神话，大概如下：他的父是大神宙斯，母是耶勒克特里昂（火神伯尔梭斯之子）的女儿阿尔克麦。他因受了宙斯的正妻希拉的憎怨，结果招了种种的不幸。他在母亲身旁时，某日因愤怒杀了音乐师，这是他的第一罪。因此罪被谪到牧羊者的群里，他此时做了两桩功业，最初是杀了狮子，为地方人民除害；后反抗米里亚王的压迫，使台伯国得自由。他所得到的报赏，就是以王女麦加拉给他，因希拉的憎怨，不以家庭的快乐给他，他因为狂乱的结果，连自己的儿子也把他投进火里了。这虽是狂乱的结果，但是杀害的罪是不容易灭的。他恢复本性后，欲求一赎罪的方法，遂赴德尔弗以求教于神。阿波洛神的司祭（或神托）告诉他，叫他到米克契去，承国王俄里司妥斯之命，成就十二件事业。此十二事业，即十二冒险。——一、杀勒麦亚的狮子；二、征伐亚果司的水蛇；三、捕获栖于耶尼满妥斯山上的凶恶的野猪；四、捕获金角铜足的鹿；五、杀害用铁嘴与爪翼食人的毒鸟（名司柿姆法洛斯）；扫除马厩，为第六难事；搬运牡牛，为第七苦业；捕以人肉为食的马（德俄麦底斯）是第八命令；得亚马森王的腹带，是第九命令。此外第十、十一、十二件功业，是赴地球的末端；或赴他界远征。

又因他杀了俄里司妥斯，这是第三罪恶，结果服苦役三年，苦役满后赴特落战争，曾救王女赫昔娥勒；诛怪物；远征耶尼斯、比洛斯、拉哥尼亚等地。后因第四罪恶，再受痛苦。最后在耶特那山上，于雷鸣之中升天。这一位国民的恩人、困穷苦难的救助者、诛戮毒蛇、猛兽、盗贼、暴君、平国乱，在国民人文的进步发达上，立大功绩的赫拉克尔斯的生涯，便于此告终了。直到后来，他被尊为旅行者、牧畜者、农夫之间的保护神。即日常的感叹词，也用他的名字。在神话里看来，这位英雄神的事业，几乎全是罪恶的结果，但人文的进步，反因他的罪恶而食其赐了。

第三节 洪水神话

鲧受尧帝的命，当治水的事业，到了九年，还没有成绩。降及舜帝时，代父治水的大禹，他是中国洪水神话中的一个英雄。这位治九年的洪水的英雄，到了后来，尧舜尊他为圣人。因为经过了若干岁月，有许多的传说分子，附聚在他的身上，究竟他是一个真正的历史上的人物，抑是一个神话的英雄，是不可知的。

禹的父鲧，是失败者。鲧受了尧的命，不能完成大任，失败而亡。然而他是大英雄的父亲，因为他是禹的父亲；是成就空前大业者的父，所以鲧也被附带在后世传说的洪水神话里面。禹的名与失败者之父的名一样，永久不朽。《述异记》与《拾遗记》中有如次的记载。

> 尧使鲧治水，不胜其任，遂诛鲧于羽山，化为黄能，入于羽泉。黄能即黄熊也，陆居曰熊，水居曰能。
> 归藏云，鲧死三岁不朽，剖之以吴刀，化为黄龙。
> 尧命夏鲧治水，九载无绩，自沉于羽渊，化为玄鱼，时扬须振鳞，横修波之上，见者谓为河精，羽渊与河通源也。海民于羽山之中，修立鲧庙，四时以致祭祀，常见玄鱼与蛟龙跳跃而出，观者惊而畏矣。至舜命禹疏川奠岳，济巨海则鼋鼍而为梁，逾翠岑则神龙而为驭，行遍日月之墟，惟不践羽山之地。

这传说是国民固有的龙神信仰与洪水传说的英雄之父结合而成的。鲧之失败被诛是当然的，然鲧是禹的父亲，是国民的大恩人，是成功者的父亲。杀了父，在正史之笔，无有什么不可；但在国民的感谢的情分，则有所不忍。假设是杀了的，则不免与国民的感情或国民的感谢之情，有点冲突。所以说鲧自坠羽渊，不是被杀的。或说沉于羽渊后化为玄鱼；或说被杀三年后尸体不朽，化为黄能；或又说化为黄龙，这都是鲧死后造出来的种种传说。海民为鲧立庙，四时祭祀，舜周游天下，独不践羽山，这在国民的感谢之情，是当然如此的。鲧化为玄鱼、黄能、黄龙，均与水有关系，究竟是与治水的事业有关系呢，抑是从"鲧"字的"鱼旁"产出来的传说，实

第四章 神话之研究的比较

难下判断。

各种民族关于豪杰的出身，故有种种奇怪的传述，尤其是在中国。试改大禹的出身及他的事业，据几种书的记载，可以举出下面的传说。

> 禹娶于莘氏女，名曰女嬉，年壮未孳，嬉于砥山，得薏苡而吞之，意为人所感，因而妊孕，剖胁而产高密。家西羌地，曰石纽。

> 父鲧妻修，已见流星贯昴，梦接意感，又吞神珠薏苡，胸折而生禹于石坳，虎鼻大口，两耳参漏，首戴勾钤，胸有玉斗，足文履己，故名文，命字高密，身长九尺，长于西羌。

> 古有大禹，女娲十九代孙，寿三百六十岁，入九嶷山，升仙飞去。后三千六百岁，尧理天下，洪水既甚，人民垫溺，大禹念之，乃化生于石纽山。泉女狄暮汲水，得石子，如珠，爱而吞之，有娠，十四月生子，及长，能知泉源。

> 禹凿龙关之山，亦谓之龙门。至一空岩，深数十里，幽暗不可复行，禹负火而进，有兽状如豕，衔夜明之珠，其光如烛。又有青色犬，行吠于前，禹计行十余里，迷于昼夜，既觉渐明，见向来豕犬，变为人形，皆着玄衣。又见一神人，人面蛇身，禹因与之语，仙即示禹八卦之图，列于金板之上。又有八神侍侧。禹曰，"华胥生圣人，是汝耶？"答曰，"华胥是九河神女，以生余也。"乃探玉简以授禹。简长一尺二寸，以合十二时之数，使度量天地。禹即执持此简，以平定水土。授简披图，蛇身之神，即教

皇也。

上第三段说及洪水传说中的禹，乃古大禹的再生，最后一段则说羲皇与禹在龙门山洞中相会。蛇身的神即是羲皇，《帝王世纪》说，"太昊庖牺氏，风姓也。燧人之世有巨人迹，华胥以足履之有娠，生伏羲于成纪，蛇身人首，有成德。"这些记载，都是说明国民的英雄，他们的生死是不同常人一样的。

洪水的神话是世界的，在各民族里可以发现。其中最有名而传播最广的，要算是希伯来的洛亚洪水传说、《创世纪》说。

> 人始加多于地。亦有生女者，神子辈见人之女为美，随其所欲而娶之。耶和华曰，我灵必不因人有过恒争之，盖其为肉体，姑弛期一百二十年。当时有伟丈夫在世，其后神子辈与人之女同室，生子，亦为英雄，即古有声名之人。耶和华见世人之恶贯盈，凡其心念之所图维者，恒惟作匿，故耶和华悔己造人于地，而心忧之。耶和华曰，我所造之人我将翦灭于地，自人及兽、昆虫、飞鸟，盖我悔造之矣。惟洛亚获恩耶和华前，举世自坏于神前，强暴遍于地，神鉴观下土，见其自坏，因在地兆民尽坏其所行。神谓洛亚曰，兆民之末期，近及我前矣。盖强暴遍于地，我将并其他而灭之。
>
> 七日后，洪潮泛溢于地，适洛亚在世六百年二月十七日，是日大渊之源溃，天破其隙，雨注于地，四旬昼夜，水溢于地，历一百五十日。（录文言本《旧约》原文）

这是犹太旧记关于洪水的传说，其他民族的洪水神话，有与此相同者。如希腊洪水神话，也是起因于人类的堕落。北欧日耳曼神话也有类似之点，印度的洪水神话与犹太的也相类似。

第四节　英雄神话

日本《古事记》中所载大国主命（即大穴牟迟神）的神话，可以当作英雄成功，及最幼者成功传说的模型，现引用这段神话于下。

大国主命是出云国的神，他的年纪最幼，他有许多阿哥，总称为八十神。他比他们聪明伶俐，其余的人都恨他，嫉妒他。八十神们听说因幡国有一个美女，名叫八上姬，他们想娶她为妻。有一天，他们叫大国主命到面前来，向他道，"我们要往因幡国去了，你替我们担着行李，跟在后面来吧。"大国主命，只好答应，便随着他们上路了。

八十神们来到因幡国的气多海岸，看见草里有一匹脱了毛的白兔在哭，他们便赴近兔的身旁，问道："你为什么变成这样？"兔便答道："我是隐歧岛的白兔，我想渡海回去，我骗鳄鱼，叫它们的同族浮在海上，我便从鳄鱼的背上渡过海去，后来鳄鱼怒我欺骗它们，便咬伤了我，请你们救我的命呀！"

八十神听了，心中便想捉弄兔子，故意说道："原来如此，那是真可惋惜了，快莫哭泣，我们教你即时止痛的方法。你快些到海水里洗浴，再到石岩上让风吹干，你的痛便可止住，皮肤也可复原了。"兔子想他们的话是真的，连声称谢。他到了海水旁洗了身体，再到石岩上去吹风。他却不晓得海水是咸的，被水吹干了，皮肤裂开，血便沁沁地流出来，比从前更加痛苦了，他不能忍耐，哭得在地上打滚。这时大国主命走过那里，看见兔子的模样，他就问他为什么身体红到如此。兔子一五一十地将前后的事告诉他，大国主命听了，觉得兔子十分可怜，他教他快到河里去用清水洗净身体，再把河岸旁生长着的蒲草的穗，取来敷在身上，一刻工夫，痛止住了，毛也生了，兔子的身体便复原了。兔子大喜，走到大国主命的面前，说了许多感谢的话，他跳着进森林去了。

八十神们到了八上姬那里，他们向八上姬道："请你在我们之中，挑选一人，做你的夫婿。"八上姬见了他们，知道他们的为人，拒绝了这个要求。他们不觉发怒，大家商议道："她不愿嫁给我们，是因为有那不洁的大国主命跟了来的缘故，这厮好不讨厌！让我们来惩治他。"有的说，不必如此，等我们回转出云国后，把他杀了完事。后来大家回到出云国，他们便商量杀害大国主命的方法。

他们把郊外的一棵杉树劈开，加了楔子，骗大国主命同到野外去游玩，到了野外，有一个说道："好宽阔的原野啊！什么地方是止境呢？"有的答道："不登到高的地方去看，是难于知道的，你们看那边有一棵大杉树，大国主！你快点爬上那棵树去，看原野有几何广阔。"大国主命答应一声，便到树下，慢慢爬上树去，爬到劈开的地方，众人乘他不留心，便将夹住的楔子取去，大国主命就被夹住了，他的生命危殆了，八十神见了，哈哈大笑，各人走散。大国主命的母亲在家里见儿子许久没有回来，出来寻他，寻了许久，在杉树里寻着了，取他下来，才被救活。八十神们听着他还没有死，又想用大石头烧红，烙死他。他们之中有五六个，到山里去，用火去烧一块大石，烧得红了，遣别的神走去告诉大国主命道："对面山上有一只红猪，我们从山上赶它下来，你可在山脚将它抱住，要是你放它逃了,我们就要杀你。"大国主命只得答应了,跟在八十神们的后面走去。走到山下,他一人在山脚等那红猪下来,后来红猪从山上滚下来了,他急忙抱住,这一来他就被石头烙死了。八十神们见自己的计策已经成功,大家一哄散了。大国主命的母亲见儿子又没有回来,她出外寻觅,走到山脚,见自己的儿子烙死了,这次她没有可以救他生还。她想除了去求救于高天原的诸神外,没法术有人能帮助她的。到了高天原,她哭诉八十神们害死她的儿子的情形,神们听了觉得惋惜,就差了蛤姬、贝姬二位神女下界去救大国主命。她们到了山下,贝姬烧了贝壳,捣成粉末;蛤姬从水中吐出水沫,将贝壳粉替他敷治,后来大国主命就活转来了。他的母亲大喜,教训儿子道:"你做人过于正直了,如仍住在这里,终有一天被他们害死,不能复生的,你快些逃到素盏鸣尊住的根坚洲国去吧!"他乘八十神们没有察觉的时机,悄然的离了出云国,到根坚洲去了。

大国主命到了根坚洲,就住在素盏鸣尊的宫里,素盏鸣尊有一个女儿,名叫须势理姬,她见了大国主命,在她父亲面前极口称赞大国主命的美貌。素盏鸣尊知道大国主命是一个诚实的人,他便想将女儿嫁给他;既而他想到一个人只是诚实没有什么用,必须要用勇气,所以他故意先使大国主命受些苦楚。有一天,他叫大国主命来,对他说:"你今晚须去睡在有蛇的屋里。"大国主命遵他的吩咐,便向有蛇的屋子走去,须势理姬在旁忧急着,乘他父亲没有看见的当儿,她跟在大国主命的后面,她问他:"不怕蛇么?"他说一点也不怕,说时就要走进屋子去。须势理姬急忙止住他道:"屋里的蛇不是普通的,是大而毒的蛇,进去的人从来没有生还的,我给你这样东西,蛇来时你向它拂三下,便不来伤害你了。"大国主命接了避蛇的东西,就走进屋里去,果然有许多蛇围了拢来,他用"避蛇"拂了三下，蛇并不来害他，到了翌日，他安然的出了屋子。素盏鸣尊为之惊异，这一次他又叫大国主命进那有毒蜂与蜈蚣的屋子里去，须势理姬又拿避毒物的东西给大国主命，才得平安无事。素盏鸣尊更是惊讶，他另想了一个计策，野外有一丛茂林，他射了一支箭到林中，叫大国主命去拾了回来。林中的草，比人身还高，大国主命听他的吩咐走进去寻那支箭。素盏鸣尊见他走进林中，叫人四面放火。大国主命见大火围住他，便呆立不动。这时有一只老鼠走来，向他说道："里面宽，外面窄。"他听了老鼠的话，料想这里有藏躲的地方，便用脚蹬踏地上，地面被他一踏，泥土松了，现出了一个洞，他便逃在洞里躲着，火烧过了，他才从洞里出来，不料先前走过的那只老鼠。衔了一支箭来，放在他面前，一看那箭，说是素盏鸣尊的，他大喜，拿着箭走回来了。这时须势理姬正在忧心流泪，见了他拿着回来，才转忧为喜，素盏鸣尊的心里，也暗暗称奇。可是他还想再苦大国主命一次，当他在屋里睡觉的时候，他叫大国主命来，他说："我的头上很痒，怕是有了虫吧，你为我取了下来。"大国主命一看素盏鸣尊的头发上，有许多蜈蚣，他便束手无策，须势理姬在旁，暗中将椋实和红土给他，低声说道："放在口中，吐了出来。"他将椋实和红土从口中一点一点地吐出，素盏鸣尊见了，以为他有胆量，能嚼了蜈蚣吐出，他便没有话说了。须势理姬乘她父亲熟睡之后，她叫大国主命逃走，因为以后还有危险。大国主命想了一会，他将素盏鸣尊的头发系在柱头上，走出屋外，运了大石塞住房门，须势理姬叫他拿了她父亲的刀、弓矢，和琴一起走；可是他不肯。须势理姬说这几样东西，她父亲从前说过，想送给他的。他刚拿好了这几样东西，正要逃走，那琴触着树子，发出响声，将素盏鸣尊惊醒了，因为头发被系在柱上，等到解了头发，他已经逃远了。后来素盏鸣尊一直追他到黄泉比良坡，立在坡上叫大国主命，叫他不必逃，他并无杀害之意，不过想试探他的勇气；并且说明将女儿嫁给他，叫他带了刀、弓矢，回转出云国，打服那些恶人，于是大国主命便与须势理姬配合了。素盏鸣尊回到出云国，把为恶的八十神们铲除了，后来他同有智慧的神少彦名命结为弟兄。

日本神话里，英雄神话虽多，但完全具备英雄的性质的，只有大国主命。大国主命为幼子，先受诸兄的磨难，到了后来，终于排除一切困难，达到顺境，为国家生民，发展他的伟大的性质。这种形式，在希腊神话里的阿波洛（Apollo），赫拉克尔斯（Heracles）也有相似之点。

大国主命的神话，可以作下列的分析。

（一）弟兄的轧轹的故事

（二）争妻子的故事

（三）英雄神的成功谈

其中又插入下列的两个故事。

（一）动物的故事（兔与鳄鱼的故事）

（二）大国主命到根坚国的故事

在英雄神话中，尚有勇者求婚的一种形式，是很普遍的。这种形式的主要点，可分述如下。

青年英雄赴敌人处。

敌人为可畏的动物：或为巨人，或为怪物，或为敌国的长者，敌国可解作外国或他界。

敌人叫青年做种种困难的业务。

其目的在招致青年之死。

当青年服务时，敌人的女儿来搭救青年，因能免死。

最后青年英雄,与女子偕逃,离开敌国。

敌人来追,多方防御。

防御的方法,或投以物,此物变成障碍敌人之物。

逃亡的结果,常为二人幸福以终。

英雄神话中,又有退妖降魔的一种形式,如日本神话里的素盏鸣尊杀八岐大蛇;克尔特人的漂吴夫(Beowulf)斩妖屠龙之类,皆属此型。

(结论)神话的比较研究,因种类甚多,形式不一,仅略述上列四例。此外如神婚神话、天鹅处女神话、仙乡淹留神话、游龙宫神话等型,它们的传播区域,极为广泛,本书为篇幅所限,均不能一一详说了。

参考书目

西村真次:《神话学概论》

高木敏雄:《比较神话学》

施彭斯:《神话学绪论》(An Introduction to Mythology)

格赖克:《ＡＢＣ神话学》(ABC Guideto Mythology)

安德留·兰:《神话学》(Mythology,见《大英百科全书》十一版)

安德留·兰:《近代神话学》(Modern Mythology,见《大英百科全书》十一版)

泰娄:《原始文化》(Primitive Culture)

戈姆:《历史学之民俗学》(Folk-Loreasan Historical Science)

哈特兰:《童话学》(The Science of Fairy Tales)

迪克生:《各民族的神话》(The Mythology of all Tales)

塔洛克:《希腊罗马神话》(Greek and Roman Mythology)

李维迪塔:《印度神话》(Mythology of the Hindusand Buddhists)

比安其:《希腊罗马神话》(The Mythology of Greeceand Rome)

麦肯琪:《中国日本神话》(Myths of Chinaand Japan)

罗勒斯登:《克尔特人之神话》(Myths and Legends of the Celtic Tales)

缪勒:《埃及神话》(Egyptian Mythology)

若卜:《北欧神话》(Northern Mythology)